# 一千次感谢

*one thousand gifts*

## 在当下勇敢活出丰盛生命

安·福斯坎普（Ann Voskamp）/ 著

冯倩珠 / 译

上海三联书店

Published by arrangement with Zondervan,
a division of HarperCollins Christian Publishing, Inc.

# 一千次感谢

## 在当下勇敢活出丰盛生命

……许多写作信仰方面主题的作家，并没有做文字上“道成肉身”的辛苦工作：将属灵真理通过日常生活所在的物质世界表达出来。安·福斯坎普才华横溢地做到了这一点。

——杨腓力（Philip Yancey）

《恩典多奇异》《无语问上帝》作者

这一周最精彩之处：阅读安·福斯坎普的《一千次感谢》。伟大的信息，直指人心的写作风格。

——陆可铎（Max Lucado）

《无与伦比的恩典》《你当刚强壮胆》作者

一部注定成为经典的作品。这类书你会一读再读，只为单纯的乐趣——珍藏文字，体会作者内心深处。

——玛丽·德穆思（Mary DeMuth）

《回忆录——稀薄的地方》作者

从何说起才好？我该对你说，安·福斯坎普怀着一颗神秘的心，像诗人一般写作？还是该告诉你，《一千次感谢》是如此深刻，讨论了感恩的生活方式与无所不在的恩典，如果我们将这种信息内化，就能像亚当认识夏娃那样认识基督。要书写这种美丽而亲密的结合，必须拥有灵性艺术家的笔触。

打开这本书，然后打开你的心。

——莉萨 · 惠尔彻尔（Lisa Whelchel）

《成年人的友情》作者

这本书将改变你看待世界的方式。

——玛丽贝思 · 惠伦（Marybeth Whalen）

《信箱》《生活看似简单》作者

我一生很少有这种荣幸分享如此优美之物。翻过书中的一页又一页，我渐渐相信自己的人生将不同以往。读这本书，准备好成为全新的人。安，谢谢——你是我今日清单上的第一千零一次感谢。

——安吉 · 史密斯（Angie Smith）

《我必保抱》作者

读《一千次感谢》让我不时想起沃尔特 · 惠特曼萦绕人心的诗句："最后到来的将是那诗人"。以清晰而抒情的语言描述熟悉的日常生活和伤心的旋律，这是一项罕见的天赋，但安似乎毫不费力做到了。最重要也最美好的是，她运用这种语言讲述了一个生命的故事——她的生命通过感恩的简单举动而转变的故事。那诗人终于到来。

——马克 · 布坎南（Mark Buchanan）

《享受安息》《属灵韵律》作者

安·福斯坎普的《一千次感谢》引人入胜、充满诗意、打动人心，要我们敢于凡事谢恩。福斯坎普以优美的叙述，柔弱却无畏地重现那些痛苦、偶尔伤心至极的时刻。《一千次感谢》是一部饱含智慧的希望与火花的杰作，其中简单的事实将启发你在日常境遇（无论顺境或逆境）中发现恩典。

——马修·P. 特纳（Matthew Paul Turner）

《去教会》《非礼勿听》作者

这本书本身就是最好的恩典——读完最后一个字，这本书将陪伴你，给你长久的祝福。

——霍利·格特（Holley Gerth）

“黎明”（DaySpring）贺卡主编

若想探索内心最深处，懂得喜乐——去读你的圣经，也去读这本珍贵的书，这是通往神和生命深层美善的入口。

——凯莉·M. 库尔贝格（Kelly Monroe Kullberg）

《跨越哈佛再遇神》作者

安·福斯坎普写作充满活力，且具有敏锐的洞察力。

——托尼·伍德列夫（Tony Woodlief）

《世界》杂志专栏作家，《更神圣的地方》作者

这本书如同一场寻宝游戏。安坐在你身旁，她的话会启

发你，打开通向神圣喜乐之门。

——鲍比 · 沃尔格穆特（Bobbie Wolgemuth）

《晨光掠天而过》作者

《一千次感谢》读来仿佛在欣赏一系列获奖照片，使读者驻足，惊叹于这些生命零星片段的深度与细节、光与影。安·福斯坎普用令人着迷、难忘的文字讲述了画面背后的故事。

——艾利森 · 皮特曼（Allison Pittman）

《今生及永恒》《忠贞不渝》作者

献给

照料培育我灵魂的丈夫

# 目录
CONTENTS

· 第一章 ·

# 虚己、丰盛的生命

每一个罪恶都是一次逃离虚空的尝试。

——西蒙娜·韦伊(Simone Weil)

一轮红日映满八月的天空,那是故事的开端,是我出生的那一天,我生活开启的那一天。

在母亲承受着撕裂的痛苦中,我破茧而出。世间的空气烧灼着初生的肺部,我如同每一个来到世上的人一样:攥着拳头降临。

我从她完全的包裹中离开,将她掏空——她流着血。皱巴巴、脏兮兮的我呱呱坠地,被举到了光亮处。

然后,他们给我取了名字。

还有比这更短的名字吗?只有三个字母,不加装饰。"安(Ann)",曲线与直线的三重奏。

它的意思是“充满恩典”。

而事实并非如此。

什么是充满恩典的生活？**全身心地投入生活？**

他们清洗了我苍白的皮肤，我呼吸，挥动起双臂。我挥动着双臂。

几十年来的生活里，我持续挥动着双臂，努力着，而结果看来如此地……**虚空**。我辜负了自己的名字。

或许在头几年，我的生命缓慢地绽开，如掬起的双手般蜷曲，是一只承接神恩的器皿。

而关于那几年，我并没有记忆。有人说，创伤的电流能震醒记忆。那是我四岁那一年。那一年，我妹妹倒在血泊中死去。于是我，以及我们全家人，对神恩闭锁起大门。

～

我站在门廊的侧窗边，看到父母震惊地俯下身去。我不知道母亲在我出生时抱着我、呼唤我名字时的样子，是否如同此刻她抱着死去的妹妹。

在十一月的日光里，我看到父母亲坐在屋后门廊的台阶上，摇晃着怀中妹妹被包裹起来的身体。我把脸贴在厨房冷冰冰的窗玻璃上望着他们，看他们动着嘴唇，嘴里念叨的不是睡前祷词，而是对妹妹痛彻心扉的呼唤，恳求她神奇而完好地醒来。但她没有被唤醒。警察来了，填写了记录。鲜血透过毛毯渗出来。这一幕我看在眼里，至今仍历历在目。

回忆汹涌地在心底燃烧。

她的血渍将我灼伤。见她无所披覆地躺在那里，更令我痛楚不堪。她只是蹒跚地跟着一只猫咪，才刚踏进那条农场小路。我看到运货的卡车司机坐在厨房餐桌边，将脸埋进双手。我记得他呜咽着说，他完全没注意到她。然而我至今还能看见她，无法忘怀。她的身体，脆弱而幼小，在我们家的农场上被卡车的货物压伤，血液浸透了车辙碾过的饥渴土壤。那一刻天地扭转，打落了所有掬起的双手。我仍能听见母亲目睹惨状的尖叫声，仍能看见父亲的双眼瞬时泛起泪花。

我的父母没有提起诉讼，他们务农为生，他们继续努力呼吸，继续活动身躯，以阻止灵魂枯萎。母亲晾衣服的时候哭了。她把我最小的妹妹抱在胸前，妹妹只有三周大。我无法想象一个生下第四个孩子才过了几周、身体还很虚弱的女人，亲眼目睹她的第三个孩子血染满地死去。她一边为小婴儿哺乳，一边为下葬的女儿悲痛。父亲在晚餐后对我们讲过一千次，讲妹妹的双眸清澈如水，讲她拥抱他时会勾住他的脖子、死命地抱着他。我们把她的死视作意外。但这件事的发生得到了神的允许？

多年以来，妹妹瘫倒在砂石路上的身影会在夜晚闪现。有时候在梦中，我抱着她，她躲在母亲为她缝的被子里，浅绿色的被子上有手工绣的矮胖子和小波碧*，她被安然地包裹

---

* “矮胖子”和“小波碧”皆为英国童谣中的人物。——译者注

着。我等待她伸展，等待她重生。然而土地却张大了嘴，将她吞没。

我们站在墓穴边，双脚蹭着泥土。天空片片离散。一团土块掉落在棺木上，碎裂开来。碎土之下是我的妹妹，浅金色头发的妹妹，会逗弄我而后大笑的妹妹；我记得她仰头大笑的样子，乳白色的脸颊上开心地漾出酒窝。我想要紧紧抱住她令人捧腹的岁月。他们把墓碑平放进土里，那块黑色花岗岩石板上没有刻日期，只写了她名字的五个字母。艾梅(Aimee)。意思是“心爱之人”。她正是。我们爱她。她的墓碑放下，眠床闭合，我们的生活也关闭了。

关闭了所有对神恩的信念。

～

真的，当你埋葬了一个孩子——或者只是当你每天醒来，面对真实的生活——你无声地自问这个问题。没有人听见。**到底有没有一位良善的神**？漫漫长夜，一张婴儿床空空荡荡，而灵柩却被虫子啃噬，给我们美善恩赐的神**真的**存在吗？神到底在哪里？当婴儿死去，婚姻破裂，美梦告吹，化作风中尘埃，神怎能是良善的呢？当癌症侵蚀，寂寞刺痛，我们心中莫名之处无声灭亡、无故断裂、腐化殆尽，神赐的恩典在哪里？主的喜悦隐匿在何处，使世间满是美好事物的神隐匿在何处？当生命充斥伤害，我如何全身心地生活？当我必须麻木地面对失丧、面对破碎的梦、面对一切抽空我的事物，我要如何清醒过来以便活出喜乐、恩典、美善，以及最完满的生命？

我的家人——父亲、母亲、哥哥和最小的妹妹——多年来，我们都默默地问着这些问题。我们毫无头绪。这些年来，我们的内心充满疏离。我们攥紧拳头活着。神在十一月的那一天所给予我们的，给我们留下了深深的伤口。谁敢再次冒险？

多年后，我坐在我们家棕色格纹沙发的一端，我父亲舒展四肢躺了下来。他开了一天拖拉机，风吹日晒，精疲力竭。他要我帮他顺一顺头发。我将他额前的头发顺到脑后，他的头发被帽子边缘箍出一圈痕迹。他闭起了眼睛。如果我看着他的双眼，便绝对问不出这样的问题。

"爸，你还上过教堂吗，像很久以前那样？"礼拜天早上，邻居的两家人会轮流接我去教堂做礼拜。他们会一手捧着圣经，一手提着熨烫平整的连衣裙。父亲那时候都在工作。

"是啊，小时候我上教堂。每个礼拜天挤完牛奶之后，你奶奶都要我们去。她觉得那很重要。"

我盯着指缝间他的黑发，揉乱了几缕。

"那你现在觉得不重要了？"这句话小声得几乎听不见，凝固在空气里。

他把格子衣袖朝上推了推，挪了一下脑袋，双眼仍旧闭着。"噢……"

我等待着，双手梳着他的头发，等待他找到合适的字眼来表达感觉，那些和笔挺的领带、上浆的衣领不尽相符的字眼。

“是的，我想不再重要了。艾梅走后，那些事情我都不管了。”

记忆中的画面爆裂开来。我闭上了双眼，觉得晕眩。

“说起来，如果天上真的有神存在，那一天他们准是在睡觉。”

我什么也没说，喉间的阻塞炙烫，余烬未泯。我只是轻梳着他的头发，试图安抚他的疼痛。他爆发出更多的情绪，并将之付诸言语。

“为什么要让一个美丽的小女孩死得这样无谓无益？而且还不只是死，她是被**杀死**。”

说出这个词，他的面容扭曲了。我想要抱住他，直到他不再痛苦，想要把所有痛苦驱散。他的眼睛依然紧闭，只是摇着头，想起了那让人无法接受的往事，可怕的十一月的那一天——深深烙印在我们生命中的那一天。

父亲没有再多说什么。他的摇头已说明了一切，说出了我们合拢的双手、我们伤痕累累的颤抖的双拳。没有。没有仁慈的神，没有神恩，这一切都没有意义。我父亲是一个善良的农夫，他对女儿的爱唯有通过眼神才能确切表达，鲜少说出口；只是偶尔，他会闭起眼睛，让我忘记那天发生的事。而这些本是不必言说的事。如同所有的信仰，你只需践行。

我们做了。

不，神啊。

没有神。

是这世间有毒的空气，我们吸入的这气体，燃烧进我们的肺？**不，神啊。不，神啊，我们不会接受你给予的。不，神啊，你的计划是一场损毁、流血的困境，我未曾要求如此，你真的认为我会如此选择？不，神啊，这太丑陋，这是一场困境。你能否拨乱反正，把所有的痛苦拖离此处，我将继而接受，感谢你。然而神啊，感谢你的无为。**这是否算是人类的传承、伊甸园的遗产？

我醒来，双脚落到木地板上，我相信那古蛇嘶嘶作声的谎言，相信他长久以来反反复复的游说：神不是良善的。这是他活动的基石——神拒绝向他的孩子行善，神并非真正地、完全地爱着我们。

怀疑神的良善，不信任他的心意，不满他所赋予之物，我们欲求……我**欲求……更多**。想要最完满的生命。

我眺望农场的田野。眼前的花园顿显不足。永远不会足够。神说人不可吃分辨善恶树上的果子。我抱怨神掠走了我想要的。不，我需要的。虽然我很少说出口，但我活得就好像被偷走了理所当然的东西：最快乐的孩子，美满无瑕的婚姻，长久、满足、不畏死亡的日子。我看着镜子，如果我直言不讳——我拥有的，当下的这个我，我所在的地方，我所是的，我已经得到的——这些根本不足够。听信蛇的谎话，我日复一日地活在怀疑中。我看着镜中的自己，问道：神真的爱我吗？如果他真实地深爱我，那些我相信能充分滋养我的东西，为什么他不赐给我？为什么生活中我感觉被抛弃，感觉缺乏，感觉痛苦？他不想让我**快乐**吗？

～

无论我们出身如何，我们持续重复着伊甸园的故事。

撒但，他想要更多——更多权力，更多荣耀。说到底，撒但在本质上是一个忘恩负义者。他将毒液渗入伊甸园之心。撒但的罪成了全人类的第一桩罪：**忘恩之罪**。亚当和夏娃对于神赐予之物完完全全不知感激。

这不正是我所有罪过的催化剂吗？

从以前到现在，甚至到永远，我们的堕落都是因为我们不满足于神以及他所给的。我们渴求更多的东西、别的东西。

我们站在那棵树前，树上结实累累却不可摘取，我们听从邪恶的低语："你们吃的日子眼睛就明亮了……"（《创世记》3：5）然而在最初，我们的眼睛本就明亮。我们有完美的视力。在我们的视野内是一个充满良善的世界。我们的目光只停留于神的荣耀，不会落在别处。我们看到的神是真实的他——是良善的。但是我们被骗术引诱，相信丰盛的生活尚需更多，可看的尚有更多。的确，可看的尚有更多：我们不曾见识的丑陋、不曾目睹的罪孽、不曾知晓的失丧。

我们吃下果实。顷刻间，我们便失明，不再看得见可以信任的神，不再将他视作全然良善，也不再觉察留存在乐园中的事物。

我们吃下果实。顷刻间，我们便看见，目光所及之处，是贫乏的世界，失丧的宇宙，匮缺而不公的天地。

我们饥饿。我们吞食。我们被填满……却又空虚。

然而，我们仍望着果实，只看到填满虚空的物质手段。我们看不到物质世界本来的面目：**它是与神交流的媒介**。

我们望着，内心充满了一颗破败星球上的疼痛，我们认为这颗星球是一位漠然的造物主（假使我们相信有造物主存在）潦草的产物。我们可曾将这残损之所看作自身忘恩负义的结果，是否我们不知满足，将其一口咬破？果实之毒感染了全人类。**包括我**。我对神的给予说不。我渴求某种灵丹妙药，来缓解这信念所带来的痛苦：神不是良善的。神不爱我。

直言不讳地说，我曾对神、对基督教点头称是，而实际上却言行不一。的确如此。遭伊甸园的那一口果实感染，我灵魂的视网膜出现了黑暗的黄斑裂孔。这病变始于妹妹的逝去，它在世界的画布上撕开了一道裂口。

失丧会造成这样的结果。一条生命的失去会影响人的一生。如同磨耗岁月的顽疾，我们的视野渐渐遍布黑孔，于是目光所及之处净是不实之物：破洞、贫乏与缺陷。

我们简朴的乡村教堂，坐落在那片草地边缘、由古老的雪松围成的曲篱之中。在每一个礼拜日，我灵魂的裂孔自然而然地痊愈。那座教堂墙上钉的木制十字架面朝乡间小路，神似乎更显见、更接近。圣经摊开着。圣所里拥满了敬拜者，怀抱婴儿的妻子们，早早忙完杂活的农夫们，他们的头发平顺齐整。圣餐桌上摆满了象征物，圣杯和圣饼，在桌前与神和好。这些我都记得。我记得此处的爱、十字架、耶稣的身体，我如枝子与耶稣这真葡萄树相接，蒙神保守，变得完整。一切都是正直的。在那里，身边是克劳德·马丁、安·范登博高、约翰·韦勒、玛丽昂·谢夫特和温文尔雅的利里太太，即便像我这样的人也双眼明亮。

但是在每周剩下的日子里，我活在一个粗糙世界的险峻之中。这些日子又如何呢？我完全失去了视力，世界处处是匮乏。

我渴望填塞一个饥饿的世界。

而从伊甸园之始，神就对我们另有安排。自从他俯身吹气于我们的泥土之肺，自从他的吻赋予我们生命，他的心意从不是暗中引领我们走向灭亡。而且我还发现：他确实有惊人的奥秘安排。我翻开圣经，惊讶地看到他的计划毫无掩饰地写在那里。我读起来难以相信，于是反复回头去读，感受这些字句，以确定它们是真实的。神的情书永远能使任何怀疑缄默："神奥秘的智慧，就是神在万世以前预定使我们得荣耀的。"(《哥林多前书》2：7)他有意赋予我们新名——归还我们真正的名字和真正的自我。他有意愈合我们灵魂的缺口。万世以前，从伊甸园起始，他奥秘的安排从未改变——使我们**重返荣耀**。他愿意如此，这让人**惊叹**，而我们并不配得到。但是自从我们咬下那一口果实，撕裂自己的灵魂，喜乐就从那个裂口渗漏而出，神已经有了十分隐秘的计划。**他有意使我们重新充满荣耀**。充满荣耀与恩典。

**恩典**(grace)，意指"宠爱"(favor)，源自拉丁语的

*gratia*。它意味着一种白白赐予的优待，一种白白赐予、甘心乐意的宠爱。这就是恩典。选择接受十字架的恩典是一回事，而选择生命**充满**他的恩典呢？选择**充满**他白白给予的**一切**，充满荣耀与恩典，过与神同在的生活呢？

我知道这些，却不愿践行——这也是一种选择。怀着失落去生活的我，也许嘴上还是会接受。选择了嘴上接受他白白给予的。而我能否真的这样生活——选择张开双手，自由地接受神赐的一切？如果我不这样生活，那么这仍旧是我的选择。

选择不接受。

那天我在家后门，遇上了来找我先生的小叔约翰。约翰长得很像我先生。一轮皎洁的满月映照着一月里落下的白雪，就在那一天我清楚地发现，那个选择——接受或拒绝神恩的选择——是一切的关键，是所有事物的关键。

我先生刚好去五金店买东西了，约翰就等在家门口，和我聊着土壤温度和天气预报的事。我倚在门框上听。我们家的狗躺在我脚边。

约翰耸了耸肩，远眺我们家的麦田。"我们这些农夫啊，老觉得自己能控制很多事情，能做很多事情影响收成。真的下了田，"他转过身来面对我说，"就得面对现实。我们能控制的太少了。真的。决定一切的是神，不是我们。"他将那双荷兰人的大手塞进磨破的衣兜里，轻松地笑了笑。"一切都好。"

我点点头，本想请他把那只新水槽暂时留在后院仓库，别再等我先生回来了。但当我看着他的眼睛，就觉得必须发问。我注视他的双眼，壮着胆子试探地回到极少碰触的这个问题。

“约翰，你怎么知道呢？你是怎么从心底里晓得一切都是好的？怎么知道神是好的，知道你可以接受他给的一切？”我了解面前这个男人的经历，他也了解我的。他的目光停滞了。我知道他也记起了那段经历。

那一天是元旦。他请我们过去——如果我们愿意的话。我不愿去想原因，可我们心里都清楚。“已经不行了？”我打量着丈夫的脸色。“今天吗？”他牵起我的手，握住不放。我们坐进卡车，驶上乡间小道，爬上医院空荡荡的楼梯，走向只亮着一盏灯的昏暗病房，他始终紧握我的手不放。约翰在门口接我们。他点了点头，眼神坚强地笑着。有一滴泪顺着他的脸颊滑落，我的心仿佛被剜去一块。

“今天下午蒂芙*发现迪特里希呼吸有点喘，于是我们就带他来看病。医生说他的肺萎缩了，撑不过几个小时了。就像奥斯汀走的时候一样。”他的长子奥斯汀十八个月前才刚刚因为同样的遗传病夭折。还不到两年，他就要送走第二个儿子。

我无法再看他那强颜欢笑的悲伤神情。我低头望向地面，光滑的瓷砖模糊了，融化了。那是一年半之前的事。我们站在牡丹花盛开的乡村墓地，看着一大片气球越飘越高，

---

* 蒂芙，是“蒂法尼”的爱称。——译者注

飞入牧场湛蓝的天空。所有对于奥斯汀所怀着的上下浮动的乐观希望——也飞走了。奥斯汀还不满四个月大。那个闷热而潮湿的六月下午,我也在场。我站在他们农舍厨房嗡嗡作响的电扇旁。电扇吹动那只画着笑脸的气球,飘在奥斯汀安详的身体上方。我记得他眼睛的蓝,映照出天堂的颜色。他一动不动。他的双眼令我动容。我轻抚着侄子光秃秃的小肚子。他的胸口起伏喘息着,起伏渐渐变缓……更缓。

我手掌下的肺部正慢慢萎缩,我又怎能继续呼吸?

我跌跌撞撞地走下他们家后门的台阶,在草地上躺下。我面对天空哭了起来。那天是我和丈夫的结婚纪念日。我永远记得那个日子,记得那孩子的双眼。

后来在元旦和约翰、蒂法尼相聚时,他们带着第二个儿子迪特里希。儿子才五个月大。他伴随着希望和祈祷诞生,却天生患有与哥哥奥斯汀一模一样的绝症。

约翰递给我一张纸巾,我努力拭去这撕心裂肺的疼痛。他也一样,他说出温柔坚定的话语:“我们是蒙福的。迪特里希从来没受过什么苦。我们过了一个愉快的圣诞节。比起奥斯汀,我们的回忆够多了。”地上所有的瓷砖都融化流淌着。我的胸口感到抽痛。“蒂法尼留下很多很多照片。我们和他一起度过了五个月。”

我不该抬头看他的,但我抬起头来,看到他难以抑制的悲痛。我的情绪也失控了。他眼泛泪光,这种茫然失措的感觉以及他坚忍的微笑将我生生穿透。我看到他的下巴颤抖着。此刻，我忘了这个情感内敛的荷兰家庭的习惯。我抓住他的肩头，直视他热泪盈眶的双眼，用沙哑哽咽的嗓音低声说着断断续续的话——我恸哭着说："要是我可以决定这一切……"接着狠狠掷出这句话，**"我会重新去写这个故事。"**

话一出口，我就后悔了。这话如此离经叛道，如此不可接受——如此**对神说"不"**！我希望能收回这些话，理去其中纠结的疯狂，为它们穿上平和的礼拜服。但是话已赤裸裸地脱口而出，生硬而不加修饰，排除了一切神学上的赘语，这是我朝向圣所之地发出的尖利号叫。

"跟你说啊……"，约翰的声音打断了我的回忆。他的目光凝固了片刻，又转而望向漾起波浪的麦田。"虽说是我们的孩子……但我也不知道为什么会发生那一切。"他又耸了耸肩，"谁说我必须得知道呢？我不常提起，有时候我会想到旧约里的那个故事。不记得在哪一卷了，就是——神应许希西家王增寿十五年？因为他的祷告？但如果希西家照着神原本的心意死去，玛拿西便不会出生。圣经里是怎么说玛拿西的呢？大意是说，玛拿西引诱以色列人行恶，比邻邦诸国更败坏。想想看，假如希西家在玛拿西出生前死了，可以避免多少罪恶呀。我不是要说明什么事，也不是要暗指什么。"

他看着翻滚在风中的绿色麦浪，然后慢慢地用低沉轻微的声音对我说话，我仔细听才能听清。

"只是说可能……可能你不会想改写故事，因为你不知道另外一个结局是什么样的。"

在孩子死去的那天，我哽咽着说出口的话，此刻回响起来，洞穿了回忆。书写故事的不是我，而是神，这是有原因的。神知道一切如何进行，走向哪里，有何意义。

**而我不知道。**

他的眼光回转过来，他了解我的过去以及我的一些噩梦。“我想……可能……我们应该接受就是有许多我们不了解的事。但是他了解。”

我明白了，至少多明白了一些。当我们摸索前行，发现自己渴想更多时，我们可以选择。感到绝望时，我们可以选择像以色列人那样收集吗哪。漫漫四十年间，神的百姓每天吃吗哪——这食物名字“吗哪”的意思是“这是什么”。饥饿的以色列人选择收集这种不知为何物的食物。他们用不知意义的东西果腹。一万四千六百多天的时间里，他们日日从难以理解的东西中汲取养分。他们在无从解释的东西中得到灵魂的饱足。

他们吃下神秘之物。

**他们吃下神秘之物。**

这没有意义的神秘之物，他们食之“如同搀蜜的薄饼”。

一辆皮卡开进了小路。我从窗口望出去，见两兄弟碰面聊了起来，打手势的样子彼此相像。我想起被埋葬的婴儿、墓前心碎哭泣的父亲、遍布痛苦的世界，还有我**拒绝**受之滋养的所有神秘之物。如果躺在墓中的是我的儿女呢？我是否真的会选择吗哪？我颤抖着这样想道。忆及那些墓碑以及梳理父亲乱发的手指，我也思索着……在我们生命幕布上的那道裂缝、刺破我们世界的那些损失、我们自身的虚空，是否有可能变成借以观看的地方。

透过它们看见神。

撕开我们灵魂的那些事，干扰我们视线的那些裂孔，实际上可能成了狭窄的开口，让我们透过此处的纷乱，看到高处那触痛心灵的美景，看到他——看到我们不断寻求的那位神。

或许如此。

但是该怎么做？我们怎么做才能选择让这些裂孔变作借以看见神的出口，让我们看见更神圣的地方？

我如何才能放下怨恨，代之以感恩？如何以满溢的喜乐取代煎熬的愤怒？如何舍弃自我中心，转而与神交流？

丰盛生活——活得充满恩典与喜乐，充满一切永恒美丽之物。这是极有可能的。

如今我已明白，也见证了。

所以我写下这个故事——我的故事。

勇于活出虚己而丰盛的生命的故事。

· 第二章 ·

# 生与死二字准则

感恩是人类至善的情感。感恩是属天的生命样式。感恩是人类对神的创造、救赎以及天国的礼物唯一完整而真实的回应。

——亚历山大·施梅曼(Alexander Schmemann)

我猛地坐起身来,床剧烈地摇晃了一下,我用双手紧紧抓住棉布床单。

门框边亮着光晕。我深深地吸气。窗外是一片星空。

我听到厨房餐桌上时钟的声音,它记录着时间,秒针每走一步就发出一下清脆、确定的滴答声。

我的心跳仿佛万马奔腾而过。窗外的夜空被星光穿透,安宁无声。我不断地喘着气。

刚才都只是做梦,是月光下的幻影。

我用手感觉床单的纹路,确认床安然地支撑着身体,看见窗外晨星静谧。身旁熟睡的他，赤裸的肩头随呼吸一起一落，一阵宽慰传遍了我的血液，驱散了恐惧的忧郁。一切都只是梦。

我躺回枕头，放松下来。我没有合上眼睛，而是凝视着窗口，想知道真实的胸腔内是否有真实的呼吸，悬在娥眉弯月下的那颗星是不是红色的心大星——天蝎座跳动的心脏，我是否真的看到了它。刚才在一夜间做的四个噩梦，像是黑暗中散开的一串银线，对我这种极少做梦的人来说不太寻常。

我躺在床上整理梦中的场景，它们拧作一股纠缠不清，一长串噩梦剽窃了生活的经历，大脑皮层纤维反复浮现出我人生最重要的部分。我重温梦境，思考着所有最重要的事。

梦境似乎很真实。那是一个苍白的房间，四壁无窗，里面有一个面目不清、只有声音出现的医生。医生说出一个词，我听后觉得血管都收缩了，现在梦醒还能回忆起那种感觉。

那个萦绕不去的词，它有饕餮的胃和锋利的牙齿，对分裂与统治有着贪婪的欲望。它是**癌症**。

这个词犹如一拳击中我的腹部，令我脸色发青。医生温和地说，在我生育六个孩子的时候，每天擦拭他们在地板上留下的泥泞脚印、在门边和丈夫吻别的时候，癌症一直在一点一滴、悄无声息地啃噬着我。他说我已经无药可救，全身都被吞食了，要我好好过完最后的日子。

已经完了？没有活路了？我的心脏猛烈跳动起来，血流加速，我惊惧地尖叫出声。

我大口大口地喘息着，努力挣脱梦境回到现实，回到现实中四面米黄色的墙、门边透进来的暗淡灯光，还有盖住梦中医生宣告的纯白提花床罩。我多么希望浮出梦境呼吸，保全性命活下去。但是黑夜勒紧了套索，将我拽回梦中的剧本，我将自己时日无多的消息告诉了丈夫、父亲和哥哥。遵照噩梦可怖的走向，他们都只是耸耸肩，漫不经心地走开了。**我想要活下去，充实地活着**。噩梦传达了什么样的信息？我记得自己四度快要逃离并醒来，却被绳索捆紧，拖回梦里临终时哽咽的告别与痛苦的触摸。

我平躺着，久久地凝望着天花板，听着自己无法控制的心跳声。

可是像这样……

像这样……噩梦中断而醒来，这样刺激血液的剧烈震撼，即便如此，或许也好过我平常醒来的方式。我得说，自从……自从有了六个孩子，至少从有了第三个（我的第一个女儿，她天生有小酒窝）之后，为人母的责任便将我压垮……不，其实睡醒时的痛苦早在多年前就有了，在学生时代就开始有了。当时的我戴着厚重的眼镜，在科洪老师的英语课上看书。我想要通过阅读逃避现实，不去想在精神病院里的母亲——她整夜整夜不睡，思念着那个裹在毛毯里流血的孩子。没错，真的已经这么多年了。

多年以来，我早晨睡醒时都会想死。生活本身扭曲成了噩梦。多年以来，我都用被子蒙住头，害怕开始注定挫败的一天。多年以来,我躺在床上都会听见回荡在内心的骂声,这些来自往昔的辱骂之词从未远离:废物、垃圾、失败者。这些词钉在我的头顶,刺穿我,成了我的名字。满天星斗都熄灭了。

然而,今天却很奇怪。昨天早晨、前天早晨、这么多年的早晨,我都在对自身的不满中醒来,在自我厌恶中醒来,醒来面对挣扎,努力克服对失败的无尽焦虑。永远都有失败的感觉。我朝孩子们吼叫,怨气满腹,忘记就医预约,丢失图书馆的书,自私地生活,不做祷告,抱怨,晚睡,疏于打扫厕所。我活得疲累、畏惧、焦虑、厌倦。多年以来,我感觉血液里搏动的,是破裂的希望。我还有可能寻得满足,感到满足,适可而止吗?而今天早上,我醒来时却拼命地想要活下去,切实感受到血管里的颤动和肺部艰难的喘息,看到坚定不灭的星辰,从而明白自己多么想真实地活下去,多么不想死去。这是梦魇所传递的信息吗?要**充满**生气地活着……还是百无聊赖地活着?

正是半死不活的状态,使我们发疯。

半死不活的生活,死气沉沉行走的日子,蹉跎虚度的年岁,心不在焉地自我保护,不曾清醒的躯体,就这样丧失了一切全身心感受的能力——正是半死不活的生活使我们变成了行尸走肉。

太阳从地平线上徐徐升起。我掀开身上的被子,吸一口气,开启了新的一天。开始了,我开始生活。清晨的云杉树上,一只孤单的鸽子咕咕叫着。我站在厨房温暖的炉灶边,用木勺缓慢搅拌着滋滋冒泡的燕麦粥，目光游移到窗外，望着田野。皑皑新雪在阳光下闪烁，仿佛田野上的繁星点点，林中有树木无声倒下，投下青色的长影。小道远处和砂石路蜿蜒相接的地方，有一只身形庞大的黄色拉布拉多犬正不停地刨着坑，雾气从黑土地上袅袅升起。

生命也有它如梦的幻影。

噩梦悄悄攀爬上我的颈项，用现实的双手将我紧紧勒住。

结局**终将**到来。

无论有没有医生的预告，结局终将到来。生命里那踩过草地的脚趾、被雨水冲刷过的睫毛、紧贴床单的皮肤、六月暗夜萤火虫的微光——所有这些都将终结。

我关上了炉子。

我把一堆脏衣服丢进洗衣机，从橱柜里取出一本食谱，一边擦料理台一边计划着今天的菜单。我试着靠深呼吸稳定情绪，但仍心神不宁，忐忑不安。我无法甩开梦境的真实，无法甩开人生的噩梦。

这片稍纵即逝的土地通往哪里？什么是最重要的？如何在这里活出丰盛的生命，继而走向永恒丰盛的生命？

儿子走进屋来，他没有脱靴子，怀里抱着满满的信件。在城里某家地板店盛大开幕的传单和轮胎打折的传单之间夹着一封信，那是我鳏居的公公寄来的。我婆婆刚过世不久，他们结婚五十年了。七月那个炎热的夜晚，在漆黑的117号病房里，神用癌症将我婆婆接到宝座前，接到永恒的荣耀里。那天晚上,我们唱了《何等荣耀日》,我用冷毛巾拭去了她眉宇间的一排汗珠。我撕开信封,抽出里面的“晨光”牌贺卡,读着公公颤颤巍巍写下的荷兰文。卡片上的最后几行字攫住了我的视线:

“新年伊始我就在想,主又会唤谁回天家?是我吗?愿我作好了准备。愿我们,无论是谁,都作好了准备。”

有一股情绪涌上心头,喷薄欲出。在昨晚噩梦的挣扎之后,在多年痛苦的清晨之后,这封信、这番话的出现,有何意义?

无论是谁,为此处的结局作好准备。

无论是谁,为在彼处第一次面见神作好准备。

无论是谁,**不远了**。

我会活得丰盛——还是虚无?

一个人如何才能在生活里始终作好准备?说到底,唯有耶稣。是的,向着自己死,重生进入十字架的生命,进入永恒生命之前的恩典之茧。如果没有耶稣,就没有任何人能够作好准备。

可是谁能告诉我——我已经重生,却仍然非常需要得到新生——谁能具体地告诉我,永生到来之前,在等待之茧里该**如何**生活?

在我真实的噩梦(或是噩梦般的现实)里,我盼望得到更多时间,疯狂地渴求更多时间。但我不禁在想:要更多时间做什么?这个问题的答案,决定了短暂的岁月该走哪条道路。

这些难题扰乱我心，于是我开始查看电子邮件。邮件里又传来了许多文字，这次是来自一位母亲。她十七岁的女儿被诊断出——又是那个阴魂不散、太过真实的词——癌症。我努力地深呼吸。今天真的遇上了难题。神传达的信息是什么？屏幕上是这位母亲打下的一行字："有何建议？"

我说不出话来。

显然，我无话可说，没有答案。我还在探寻自己的道路，今天的我一直在拼命摸索一条路，来度过稍纵即逝的人生。

我们该如何全身心地生活，才能作好完全的准备来面对死亡？

～

我把毛巾堆进壁橱，心里想着那些可能一生都不会去做的事。

我想到所有会错过的事。

我永远不会亲眼看见中国碧波荡漾的漓江，不会看见那些头戴草帽捕鱼的黑发男孩，他们的竹筏上有颈套金属环的鸬鹚，岩溶峰林薄雾升腾，梦幻迷蒙。我永远不会爬上肯尼亚的洛伊塔山，目睹数以百万计的羚羊奔跑跳跃着从塞伦盖蒂草原迁徙而来。我不会去某个南太平洋岩洞的蔚蓝海水中游泳，不会在深夜聆听微风沙沙穿过红杉林，也不会在退休后攀上马丘比丘翠绿的顶峰。

我用手抚过厚厚的浴巾。我是一个农夫的妻子，是在家教育六个孩子的母亲。家中满是脏手印的墙壁上,没有悬挂任何高级的学位、头衔或文凭。在一个人真正作好准备之前,有什么地方是必须去看看的,有什么事是必须去完成的?我的信仰给出了答案,但我的血液和脉搏知道答案吗?

我记得有一次在理发店,有位女士坐在我旁边的座位上看书,我在镜子里看到了书名:《死前必去的一千个地方》。这就是答案吗?在我有限的生命停止之前,在我呼吸永恒的气息之前,全世界有没有什么地方是一定得去看的?

为什么非去不可?为了可以说我已有了谦卑的理由?说我已见过美景,为奇迹折服?

奇迹不在这里吗?难道它无法**在这里**找到吗?

人类的肺部每天要吸入一万一千公升空气。[①]今夜,我们的农场上空将升起闪耀的冬季六边形——天狼星、参宿七、深红色的毕宿五、五车二、炽烈的双子座和南河三,还有中央绯红的参宿四,这颗红超巨星的直径比地球绕日轨道的两倍还要长。抱在怀里的儿子,是从我体内的一颗种子孕育成人的。窗外的天空飘着多于星辰的雪花,它们没有哪两片是相同的;苍翠森林里的树木共同呼吸着寒冬一月宁静的气息。神生出地上的冰、天上的霜,系住昴星的结,解开参星的带,连我的头发也都数过了(《约伯记》38:31;《马太福音》10:30)。

奇迹难道不在这里吗?我何需在有生之年耗费时间精力去看?我们真的已如此迷失,必须有**令人目眩**的奇观摆在眼前,才能让模糊的属灵视野辨认出神的荣耀?在这里,同样的奇观源源不绝地浇灌着每一天。有谁抽出时间睁大双眼去看过？

我的双眼似乎只关注失望的水滴飞溅而出，泼洒在自身及周遭。

我关上壁橱门，拿起刷子开始刷厕所。我不需要更多时间去经历、拥有、完成更多的事。因为奇迹真的就在眼前——只要双眼足够明亮。

所以——要更多时间**做什么**呢？

我脑中闪现出耶稣的脸。神一人耶稣救我脱离了恐惧、罪恶、忧郁与悲伤的牢笼。神一人耶稣也有受难之日。在被钉前不足十二小时的时间里，耶稣把什么当作最重要的事？

又拿起饼来，祝谢了，就擘开，递给他们……（《路加福音》22：19）

就在这里，我活在这个地方，洗衣做饭，打扫厕所。日复一日，我勇敢地早起面对这样的生活。我陷入沉思，思考着丰盛的生命，思考着为结局作好完全的准备。我开始觉得或许有一条从噩梦通往美梦的出路。或许有吧？

我翻开厚重的书卷，一页一页细细读着。“祝谢了”的原文为 *eucharisteo*。

我用笔划下了这个词。它能为生活奠定坚实的基础吗？能给予丰盛的生命吗？

*eucharisteo* 的词根是 *charis*，意指“恩典”。耶稣拿起饼，将其视作恩典并祝谢。他拿起饼，心知这是神的**礼物**，因

此祝谢。

书中还有更多的解释,我读了下去。*Eucharisteo*——感恩,包含了希腊文的“恩典”一词 *charis*。它的衍生词——希腊文 *chara*,意思是“喜乐”。啊,**喜乐**……是的,我也许需要一些喜乐,这也许就是需要更多时间去寻求的东西——正如奥古斯丁所言,“我们无一例外……尽最大努力以达到相同的目标,那就是——喜乐。”[②]

我深深吸了一口气,此刻的我像是一个终于归家的客旅。这就是丰盛生命始终追寻的目标——喜乐。我在自己的人生中清楚地了解到,这捉摸不定的两个字有多难得。我又一次想起夜晚的噩梦,我挥舞着双臂,瞪大了双眼,狂躁地索求更多。更多什么呢?这就是答案了。我发现自己身心对这个词的反应,我渴望更长寿命,来得到更多**神圣的喜乐**。

这就是我努力挣脱噩梦想要达到、想要寻获的。喜乐。我在哪里才能寻获这喜乐的圣杯?我循着书页继续往下看。这是探索最重要的东西的线索吗?深沉的喜乐(*chara*)唯有在感恩祭桌上方能找到。我坐在原地久久地沉思……当真如此简单吗?

我的喜乐的程度取决于我有多深的感恩吗?

**那么只要存在感恩**……我仔细地思索着。只要存在感恩,那么喜乐就会常在。**喜乐常在——无论何时**,即是此时;**无论何地**,即是此地。喜乐的圣杯不在他乡,也无需什么情感高峰体验。喜乐的奇迹无处不在!在这里,在当前混乱而刺痛的生活里,喜乐可能就难以置信地存在着!我们死前唯一需要去看的地方，就是这样能看见神的地方，此时此地。

我大声地念出这几个词，让舌头感觉这些声音，让耳朵听见其中的真理。

*Charis*。恩典。

*Eucharisteo*。感恩。

*Chara*。喜乐。

三颗明星，照亮黑夜。

三股合一的绳子，可否维系生命？可否指出一条道路，通往丰盛的生命？

恩典，感恩，喜乐。*Eucharisteo*。

这个希腊词……可以让一切赋有意义？

～

孩子们盖着打了补丁的被子睡熟了，时钟的滴答声清晰地划破黑夜，旋涡状的银河在天空中旋转。我披着毛毯躺在火炉边，读着一篇古老的布道词。几周过去了，我的脑中储存着这些信息，等待神排列星辰的时刻。我读到："最重要的事是凡事谢恩。懂得凡事谢恩，便会理解生命的意义……这样的人已参透生命的奥秘：凡事谢恩。"[3]我呼出一口气。

黑暗中，我低声说道：*Eucharisteo*！

这可能真的是通往丰盛生命的奥秘……

我如释重负地平躺下来。或许我已找到圣杯……却又丢失了它，继续前行。可是，神不是早已将圣杯置于基督教的中心了吗？*Eucharisteo*，这是基督教的核心标志。感恩——摆放其象征物的圣餐桌，是活出基督生命的关键。每个礼拜日，在我们无宗派的圣经教会，我们会在圣餐仪式上吃圣饼，喝葡萄汁。周复一周，在圣餐桌上开启一个礼拜，不正明确地将我们的生活全部放进感恩的心境中吗？

而且……圣餐桌上的饼是最寻常的食物。葡萄汁也是古往今来各民族常饮之物。耶稣设立圣餐，没有将这事作为不寻常的稀有之事或者一年一度的纪念，而只是频繁地吃饼、喝葡萄汁。《哥林多前书》11:26 写道："你们每逢吃这饼，喝这杯"——**每逢**。

每一个平常日子。每逢我们用餐时。

感恩——无论何时，即在此时。喜乐——无论何地，即在此地。

基督在赴死前的晚餐时，不是已将我们每天的饼和杯全都放入感恩的框架中了吗？北斗七星低垂在窗外。这感恩的框架是如何支撑起生命的呢？领悟奥秘犹如探索星系，总有更多待解之谜。

隔天早晨，我站在洒满阳光的地板上烤面包，揉着湿湿的发酵面团。那个词一遍又一遍地在我心里敲打——*eucharisteo*。这一次，我不会让它飘散了。我要走进这奥秘之中。

我捏出面包的外形，想着耶稣如何拿起饼来，祝谢了……想着五饼二鱼的神迹。

耶稣如何拿起饼来，祝谢了……我继续想着：他忍受了十字架苦难，只因那摆在前面的喜乐。

耶稣如何站在拉撒路的墓前哭了，举目望天说：**“父啊，我感谢你，因为你已经听我。”**（《约翰福音》11：41）然后有了死而复生的神迹！感恩竟使人死而复生！空洞僵硬的尸体走了出来，血管充盈着血液，肺部满了气息，动脉旋即有了生命的律动。

有感恩……便有了震撼人心的神迹！我把面包放进烤盘，感觉多年来的忧虑也放下了。

*Eucharisteo*——感恩——**总是先于神迹**。

面包膨起了。

我在厨房搅拌着一锅扁豆汤，汤里加了萨尔萨辣酱和胡萝卜，这是为孩子们准备的午餐。我一边搅拌一边看书，然后坐了下来，好让文字在脑中落脚：“人类唯一真正的堕落，是不知感恩地活在一个不知感恩的世界。”[4]这是堕落！不知感恩、忘恩负义，这是堕落——人类不满足于神白白赐予的一切。这就是我碰壁受伤的原因：不懂感谢。所以，要寻找伊甸园、寻找天堂的丰盛，我必须摒弃忘恩的心态，抛却不知感恩而遍体鳞伤的生活，去把握 *eucharisteo*，掌握感恩的生活态度。感恩的生活真能创造与神交流的奇迹吗？我从椅子上站起身来。

从那天开始，每当我翻开圣经，就会手持一支红笔从中寻觅，在经文里搜索“感恩”的踪迹。一见踪影，我便惊喜地摘取。

**“主耶稣被卖的那一夜，拿起饼来，祝谢了，就擘开……”**

(《哥林多前书》11：23—24，着重字为作者所加)。在被铁钉一锤一锤地凿穿韧带与肌腱的前一夜，耶稣领受神所赐的，将之视作恩典和谢恩的根源？啊，面对神的离弃(还有比这更痛苦的事吗？)，耶稣即将受到打击、折磨与伤害，即便如此，他仍献上了**感谢**，且满心喜乐。一个奥秘里总是藏着更多奥秘。

我真的想要继续探寻吗？

整整一个星期，我在运动时都听着《马太福音》第11章，大口喘气，皮肤红润，充满活力，直到我捕捉到这条真理——它也找到了我：

耶稣在诸城中行了许多异能，那些城的人终不悔改，就在那时候责备他们说："哥拉汎哪，你有祸了！伯赛大啊，你有祸了……因为在你那里所行的异能，若行在所多玛，它还可以存到今日。"(《马太福音》11：20—21，23)

当耶稣费尽心力却事与愿违，无人听从他的教诲之时，他做了什么？他活出感恩的生命。"那时[就在失败之时]，耶稣说：'父啊，天地的主，我感谢你……'"(《马太福音》11：25)在全部希望都遭遇羁绊的困境中，耶稣献上了感谢？

神迹出现之前，先有的是感恩，*eucharisteo*，这是一个知难行更难的希腊词。我真的想接受这个词吗？

一个礼拜天，会友们用银盘传递着切好的圣饼，葆拉·范德肯普传给罗恩·柯林斯，再传给塔米·林赛和她的孩子们。我思忖着，是不是每次领圣餐时，我已经领受了*eucharisteo*深奥的涵义。我不正以有形的、具体的行为，对基督所受的苦难表达感恩吗？我正以很实际的方式、以简单易懂、全心投入的方式颂扬那巨大损失所带来的莫大收获。“我们所祝福的杯，岂不是同领基督的血吗？我们所擘开的饼，岂不是同领基督的身体吗？”（《哥林多前书》10：16）圣餐仪式邀请我们为基督的死献上感谢。以我们每日的死参与基督的死，并献上感谢。克隆彭豪尔太太将银盘递给我，我撕下一小块饼——纪念基督死而复生的小麦面饼。我用手指触摸面饼上的颗粒，把这块面饼放在舌头上，然后抵在上颚，面饼慢慢融化，我为他的死感恩。

我把饼吞了下去。

黑夜中的这个星群——恩典、感恩与喜乐——也许就像伸手摘星。太难了，**实在太难了**。

可不可以用什么更简单的方式实现完满的人生？

～

那一天，我翻开《路加福音》第17章，似乎找到了答案。

我坐在卧室窗前的祷告凳上。窗外，儿子们正在滚雪球、搭堡垒。我读着这段经文。以前在诺克斯长老会主日学校发霉的地下室里，我就读过这一段，也记得内容。耶稣医治了十个长大麻风的人，只有一个人回来感恩。我也记得从莫里森太太涂着鲜艳口红的嘴唇里说出来的深意：“你多久道谢一次?”是的,我记得这一段。

我快速浏览起来。

“内中有一个见自己已经好了,就回来大声归荣耀与神,又俯伏在耶稣脚前感谢他。这人是撒玛利亚人。”(《路加福音》17:15—16)是的,感谢,我明白。下一段。

耶稣说:“洁净了的不是十个人吗?那九个在哪里呢?除了这外族人,再没有别人回来归荣耀与神吗?”就对那人说:“起来,走吧!你的信救了你了。”(《路加福音》17:17—19)

等等,我又回头去读。耶稣不是已经完全治好他了吗?就像另外九个被救却没回来感谢耶稣的人一样。那么耶稣说“你的信救了你了”,是什么意思呢?我是不是将这段经文解读得过于简单,没发现其中隐藏的奥秘?我放慢速度探究起来。我读了一遍杨氏直译本里这段耶稣的话:“[耶稣]就对那人说:‘起来,走吧!你的信救了你了。’”“救了你”?我继续研究。这个词是希腊语的*sozo*。许多译本将*sozo*译为“治好”或“康复”,我查到它的字面意思是“救”。*Sozo*意指救赎,它指的是真正治好、完全康复。活出救赎就是活出丰盛的生命。耶稣的到来使我们得以活得丰盛;他来给我们救赎。这个麻风病人是何时得到救赎,得到完整丰盛的生命的?是他回来感谢的时候。我放下了手中的笔。

真正的得救与我们的感恩相关联。

莫里森太太没有提到这一点。不过,如果我们的堕落是不知感恩、忘恩负义，那么救赎自然与感恩密切相关。

我又读了一遍经文，上面明白地写着："你的信救了你了"。麻风病人的信心是道谢的信心，不是吗？耶稣把感恩视为使人得救的信心里不可或缺的一部分。

我们只有在信心中生发出感恩，才能进入丰盛的生命。

若非通过感恩，我们又如何领受神白白赐予的救赎？感恩是我们领受神所赐予的一切的明证。感恩是我们接受恩典的表现。

要真正经历救赎，感恩至关重要；要活出健康、完整、**丰盛的**生命，感恩必不可少。

"如果教会是在基督里，它最初的行动一定是感恩，是将世界归还神"，东正教神学家亚历山大·施梅曼这样写道。[5]如果我真的在基督里，我最初的行动也必定是感恩，是带着感谢的话语归向耶稣，难道不是吗？

我原本可能隔很久才会读到《诗篇》里的那几页，然而有一次圣餐礼结束，圣饼和葡萄汁已放回圣餐桌上，这时我丈夫把他的圣经递给我，手指着他刚刚读到的一段经文要我看。对照我的言行和意念，我看得嘴唇颤抖，眼中噙满了泪水。神以他的方式显示救赎："凡以感谢献上为祭的便是荣耀我。那按正路而行的，我必使他得着我的救恩"（《诗篇》50：23）。

感恩——凡事谢恩，是按正路而行，神必使我们得着在基督里最完全的救恩。

以感谢为祭的行动——即使代价是饼和杯，是癌症和苦难——也是在为显明神最完全的救赎预备道路:神最终要救我们脱离痛苦、愤怒与怨恨的生命,脱离使我们与神疏远的所有罪恶。在圣餐中,基督破碎他的心以治愈我们的心,完全成就了我们的救赎。感恩带来的神迹永无止境:先有感恩,救赎的神迹才会在我们的生命中完全显现。感恩——凡事谢恩,是为拯救得以完全实现预备道路。我们确实已在基督里得救,但必须用生命体会到凡事谢恩,救赎才能在生命中完全实现。在所有事上感恩?

直到我每日表达完全的感谢,我才经历到救赎的完全。活出得救的生命,感恩是必需的。

莫里森太太也没有告诉我这一点。

我愕然地坐在窗前,一颗燃烧的彗星划过我生命的夜空。这么多年来,我一直以为自己已经得救,已经接受神,但我的行为却在拒绝。这是因为我从未完全地经历救赎吗?是因为我从未在基督里活出完满彰显的救赎?因为我没有接受生命中的一切,归向耶稣,俯伏在他脚前感谢他。我静静地坐着,茫然无措。这就是为什么我在教会这么多年,灵魂的缺口却从未完全治愈。

*Eucharisteo* 这个知难行更难的希腊词,是从虚空通往丰盛的唯一道路。

我看着孩子们雕刻冰雪堡垒的外墙。

他们热火朝天地在墙上挖着洞,脸蛋涨得通红,头发上沾满了汗珠。我想起那位女儿得了癌症的母亲,想起公公问我是否作好回天家的准备。对于他们的提问,我仍旧无以应答。儿子们挖着堡垒，长得最高的那个手持一把铁锹，小儿子则拿着一把花铲。我只想到一个词。一个可以抓住它、攀着它逃离危急噩梦的词，一个可以让人无惧死亡、让人得救、得以痊愈的词，一个开启那治愈灵魂、使人死而复生的神迹的词。

堡垒上多余的积雪被挖走了，外墙上赫然出现一道门。

感恩。

开辟道路无疑是艰辛的，但我是否真的想得救？

# 第一次飞翔

感恩给予我们崇敬之心，让我们每天都能顿悟那些超然时刻，这些时刻将永远改变我们的生活和世界观。

——萨拉·B.布雷斯纳克(Sarah Ban Breathnach)

小屋的窗户敞开着，一只潜鸟木雕和一只野鸭木雕静静地栖息在窗台上，某一棵树的树心被雕琢成了展翅欲飞的翅膀。

这是朋友家的厨房，我正帮忙切着黄瓜。

七月悄然而至，我听到河边不断传来孩子们的阵阵笑声，没有去籽的黄瓜片片落进瓷碟子里，绿油油的，充满夏天的气息。朋友在水槽边摆了一个花瓶。

高高的花瓶里插满了纤长的毛地黄，饱满的粉红色花瓣缀着点点猩红。看得出来，朋友细心地修剪过每一枝花梗，再把花瓶搬到厨房,好让来到水龙头边的女人们欣赏这处美景。我记得读到过毛地黄的资料,它有治疗心力衰竭的药用价值,是一种强心剂。她在修剪花梗的时候,有没有想到这一点,有没有想到我会来呢?

男人们的说话声也从窗口飘了进来,伴随着烤肉的油烟味和滋滋声。他们宽阔的身躯围住了火焰,烤架不停地滴着油脂。我觉得饿了,手里的菜刀切下一片片绿黄瓜。朋友站在炉边搅拌酱汁,我们两个做母亲的忙着为孩子们做饭,我差点没听见她说的话。

“你变了。”她转向我说。我也转过身去细听。

“我变了?”她冷不防说出的话令我张口结舌,双颊涨红。我忙拿起水壶给几只杯子倒水,被人注意到我正设法改善自己,这让我手足无措。

“是啊……你变了。”谢莉把锅子往火炉架上一搁,注视着我。我开始在桌上摆放起玻璃杯来,但仍可以感觉到她的目光。

我没有说出口,却暗自觉得她或许是对的,这几个月来我也感觉到自身的成熟与壮大,有全新的东西出现。不过我认为再造的过程尚处于萌芽阶段,是一株含苞待放的希望。我认为它尚未盛开,原以为没人能看见我眼中的光芒。

“是因为你写的那张清单,是吗?”她叮叮当当地把碗放下。

我依然专心地往每只空杯子里注水。

一只苍蝇掠过倒满水的杯子，只见水面上被划开一道伤口。

“是的……”我愣了一会儿。是的。“是那张清单。”

水面的伤口平复……消退……愈合了。

～

我或许一直都知道，改变需要真正的意志。就好像一个女人每天俯身整理园圃，也需要铲子和决心，才能种出有益身心的好花卉。

我或许也知道，改变需要的不仅仅是温暖柔软地想着一扇门、一条通道，惦记着那个希腊词 *eucharisteo*，固守丰盛永恒生命的奥秘。

这些根本不代表我知道如何去做。

为了我的灵魂，我到底该怎样实际地学会 *eucharisteo*？我已经将这个词作为支撑整个生活的坚实基础。

为了我的喜乐，我到底该怎样学会用 *eucharisteo* 这拯救性的感恩习惯（这个习惯引领我回归与神有深入的交流），来克服那自我毁灭的丑恶习惯——不知感恩（这个习惯导致我的世界和生活都堕落了）。

我需要知道，我究竟该如何生活。

我还读到过智者让·皮埃尔·科萨德所写的：“口渴时应当喝水止渴，而不是去读谈论如何止渴的书。”[①] 干渴垂死之际，消极地阅读与水有关的书籍并不能解渴；要滋润干渴的嘴唇,唯有关上书本,伸手去掬水来喝。渴了就必须喝水。

我必须实在地**做**点什么。

其实那一天当我放下关于感恩的书本、提起笔来开始列那张清单的时候,我根本不知道自己正记录并吞咽下第一口真正的水,也不知道自己将如何转变,以及转变会如此明显。

这最初是一项挑战,算是一种爱的挑战吧。我是在十一月里一个晴朗的早晨接受这项挑战的,和许久以前妹妹血染遍地的那个十一月早晨一样,令我难以忘怀。稍早的时候,我开始有了列清单的习惯,假日菜单、手工艺品清单、购物清单等等。这些单子四散堆在料理台和我的书桌上。那天,有一个朋友飞快地打下一行字,闪现在我的屏幕上。她下了挑战书,我眼也没眨就接受了。我能够写一张清单,列出我所爱的一千样事物吗?我又读了一遍她的话。也就是说,再写**另外**一张清单?列举出一千个恩典——一千个神赐的礼物——她是这个意思吗?无论怎样,当然没问题。

我当时并不认为这么做会塑造我,让我飞翔,治愈我的伤口。有时候,当你踏出第一步,你并不知道自己已经踏进门了,直到你已经在里面,你才发觉。

我从料理台一头的梣木篮子里掏出一张废纸,纸的一面是孩子的画,画的应该是正前往爱尔兰的圣帕特里克,因为他坐在一艘船上,而画在他袖子上的那些东西看起来很像三叶草。我把纸翻过来,一时兴起,大胆地在背面草草写下:"感恩清单"。我开始罗列恩典:不是那些我想要的赠礼,而是我**已经拥有**的。

1. 晨曦中旧地板上洒落的影子
2. 烤面包片上涂得厚厚的果酱
3. 云杉树高处蓝松鸦的叫声

这是清单的开头,我看得笑了起来。我不敢相信自己笑了。虽说只是些寻常小事,要不是把它们写下来,我可能根本不会知道这些都是恩典,这才是它们本来的样貌,是神所赐的礼物。将它们写下,就有点像是……打开爱的礼物。

这礼物也许会让人感到温暖适意。

16. 花店里草木的芳香
17. 她年迈的膝盖发出的嘎吱响声
18. 吹乱头发的冷风

夜里,家人都熟睡了,只有狗儿在草地上对着清冷的圆月狂吠,我看着清单上第一天罗列的恩典。我的手抚过这张清单。我再次看到一天的心情、一组生活的缩影。写这张清单让我觉得……快乐。一整天都很快乐。我难以相信它的作用,这股流淌的意识供我饮用止渴,像一条奔腾的恩典之河,汹涌澎湃地将我席卷。我在清单里加上一条,又感受了一遍。我不理解为什么它有这样的作用。而且……这张清单感觉很异样,很陌生。长久以来,我都是一个只会讲一种语言的人,那是堕落的语言——不满、自责、挑剔且从不知足。

而这张清单的语言并非如此……我用手指搓着清单的边角，上面的条目有着整齐的编号。

如果说这些都是神赐的礼物，那么我写下这张清单不就如同……在领受吗？如同怀着感谢接受？

等等，“他又拿起饼来，祝谢了，就擘开，递给他们……”，**祝谢**。

这张大胆接受挑战而写下的恩典清单，不正是学习感恩的语言课吗！

真是这样吗？

感恩——这是耶稣在死亡逼近、即将悲痛流血的时候低声说出的话语。他拿起饼来，**虽然这饼预示死亡**，他仍祝谢了。我看着自己写的清单。我的这份感谢看起来如此……鄙陋，微不足道。假如写这张清单是在学习感恩的语言，那它只像是喉间发出的呻吟。但要“充满恩典”，或许也得从简单的词汇学起，起初说得结结巴巴，像一个孩子学会感谢单纯的事物。

然而，天国不就属于这样的人吗？

～

一开始，我是为了那项挑战才持续书写清单的。况且它让我很高兴，高兴得难以自持，里面写着各种愉快、纯真、可爱、美丽的事物。但真正促使我坚持下来的，是从窗边祷告凳上摊开的圣经里读到的一段话。从那扇窗子可以看到冰雪堡垒，那座墙上开了一道门的堡垒。那段经文是保罗给腓立比教会写的信，我读到第 4 章，差点漏看那个词，幸好保罗在两句话里重复了两次，我才没有错过：

> 我无论在什么景况都可以知足，这是我已经学会了。我知道怎样处卑贱，也知道怎样处丰富，或饱足、或饥饿、或有余、或缺乏，随事随在，我已经学会了*。(《腓立比书》4：11—12)

这一段我反复读了多遍，试图摸索门闩。

它就在文中——在任何景况都活得喜乐的秘诀，得到感恩的丰盛生命的秘诀。保罗说了两次"我已经学会了……"，**学会**。我必须学会感恩，学会活得丰盛。学到如同自己的皮肤、脸孔般熟悉，如同可以脱口而出的语言一般熟悉。如同我知道自己的名字。学会心怀感恩，无论饥饿或饱足。有朝一日，这张清单可以教会我这困难的语言吗？面对死亡、离别、债务时的感恩之心，就是我必须学会的语言，因为这是我现实的生活，必须处理的生活。如果活出感恩是打开人生奥秘的钥匙，那么这就是我要的。我想要积极追寻，不断探索，仔细收集真相。我要学会保持感恩与快乐，无论富足还是贫乏。这是值得用一生来学习的秘诀，即便需要几十年如一日研究罗塞塔石碑**那样难解的线索。

---

* 此处和合本圣经译为"我都得了秘诀"，为呼应下文略作改动。——译者注

** 罗塞塔石碑，1799 年在埃及尼罗河口罗塞塔发现的一块石碑，上面刻有希腊文及埃及象形文字等，为研究古埃及文字提供了条件。——译者注

第二天早晨我醒来后,我拿过纸笔继续破解密码。

～

克隆彭豪尔先生把信塞进小路尽头那个笨重的信箱里。刷信箱的油漆我用的是玛莎·斯图尔特牌的焦枫糖色,但实际上更像水锈红。我站在窗前,手中拿着笔,在日志里写下:

22. 信箱里的信

正午时分,我在祖母送的五十年代的木柄高压锅里装满土豆,蒸土豆的水汽袅袅飘过厨房窗户。我拿起笔来,一笔一画地写下:

23. 祖母的高压锅雀跃依旧

感恩让喜乐倍增,使生命广阔,我渴望拥有它。

下午我去逛泽尔斯超市,在蔬果区想挑一串刚熟的香蕉,回头看见贺曼贺卡区有一位鬓须皆白的老人正俯身寻找合心意的卡片。我从手提包里抽出日志本,又提笔颤颤巍巍地写道:

24. 寻找完美词句的老人

我清晰记得记下这一幕带给我的感受。我开始知道原因了,知道感恩总是先于神迹,哪怕这神迹只是在超市里的片刻喜悦。

因此,当我读到马丁·路德——在维滕堡教堂大门上张贴《九十五条论纲》的改教家——的话时已不觉惊讶。他说:"如果想要改变世界,就提起笔来。"[②]这和我自身的改变颇为相似,原本僵硬的事物都渐渐海阔天空。记录使我改变的恩典。我提起笔来,写下神的礼物——所有曾因轻率盲目而与之擦肩而过的事物。这张清单是我的感谢。**感恩**正在开拓生命的高度。

我手持追寻之笔所发现的这些事,约翰·派博牧师也曾说过。他说,落笔写字可以拓宽视野,或许自己不清楚写字是如何发光、如何聚焦的,但他只知道"笔是有眼睛的"。[③]

笔是有眼睛的。我拿着那支看得见的笔,到了适当的时候,它的双眼也许会解开感恩全部的奥秘。

我紧紧跟随着它。

提笔并不叫人痛苦,而墨水是廉价的药物。我也许能赖以存活。

我抓着笔,遮蔽目光的障碍消散了。

37. 在白天最后一阵微风中嗡嗡作响的风车

38. 高领羊毛衫

39. 牛群与牧草的淡淡香气

“用钉子敲走钉子；以习惯克服习惯。”④曾一度与马丁·路德惺惺相惜的伊拉斯谟如此说。我读到这种想法时觉得诧异，因为我未曾了解这一点。我为自己本可以改变的一切感到遗憾。

我低头看手中的笔，朝着一千次感谢的目标奋笔疾书。这支笔也和敲钉子一样，驱赶我不知足的习惯，钉入感恩的习惯。我正敲打着铁钉，只为将旧钉子逐出，那些丑陋的旧钉子是撒但用来刺破世界、刺破我心的。黑暗中的光渐渐显露，一道门开启了。多年来，我设法拔出不知足的长钉，却徒劳无功。因为要驱赶不知足的习惯，只能靠锤进更尖锐的铁钉——那枚光亮的感恩之钉。

我继续捶打着。

54. 枕头上的月光

55. 漫长的喃喃祷告

56. 黑暗中的亲吻

沉睡的屋子里，我的心中回荡着声响。

～

早晨，丈夫从猪圈里跑回来，身上还沾着气味。

“早上又一窝猪崽没了。”他在水槽里洗净了那双终年劳作、粗糙黝黑的手，再用橱柜上挂的那条方格毛巾把手擦干。“全部是死胎。”

我用微笑掩饰了一声叹息，无奈地淡淡笑了笑。他总算还是接受了事实。“嗐……”他也温和地笑了，一只握紧的拳头松开了，我们久久地凝望对方。

我走到桌边，把牛奶倒进麦片粥里。丈夫陷进另一头的椅子里，垂下头来祷告，感谢神赐给我们食粮，我也跟着祷告起来。

我看着他吃饭。他三天没刮的胡茬上沾着玉米屑，那是清晨喂猪留下的痕迹，T 恤的领口也汗渍斑斑。他已经在猪圈辛苦工作四个小时，喂了几百头猪。这时候阳光才刚爬上餐桌。特地准备的橙汁他碰也没碰。我知道他绝不会对我说的事：他嘴里又多了些疱疹，因为压力过大。

给他带来压力的，是我们家的母猪患上的病，我们查不出病因。已经好几个月了。他把饲料样本寄去一个国际实验室，作了各种水质检测，还请来兽医给母猪作全面体检。什么都诊断不出，找不到致使母猪晚期流产、猪崽一窝接一窝胎死腹中的那枚长钉。

“我跟格雷格说，我觉得是病毒引起的，不是环境问题。”他伸手去拿第二片烤面包。我丈夫和那位兽医在小学时就认识了，他们一起踢球，一起参加好消息圣经俱乐部。

“他问我们能不能重新配置生育数据，用分娩状态来分析症状。”我递给他两片维生素 C。“他取了奇怪的样本，还做了毫无意义的事。给没怀孕的母猪孕检。可以听到超声波嗖嗖的声音,但是它没怀孕啊。为什么?!”

我脸上依然挂着微微的笑容。

我清干净桌子,他开始读圣经。我们每餐饭后都会读经。今天早餐后读的是《阿摩司书》,这位先知牧人的名字“阿摩司”的意思是“担重担者”。

傍晚,我听见后门的门闩插上了,水槽里传来流水声。是丈夫,他一回家总是先洗手。我转身看时钟。天黑前就回来了?我还没走到门厅,他就从我身边经过,径直走进书房。“我想我已经清楚了。”

他弓着背坐在键盘前,敲了一些字搜索资料。我待在厨房里切洋葱,染上了属于我的气味。我听到鼠标点击的声音,他正在探寻线索。我忙着煎肉、煮汤,把蔬菜放进锅子里炖。太阳熄灭光亮,安歇了。昏暗的书房里,他的脸庞映着屏幕蓝色的光。汤慢慢煮沸了,冒着泡飘出香味来。他依旧坐在电脑前,我蹑足走到他背后。他的肩头紧绷着,追踪线索令他紧张;我小心翼翼地为他用力按摩肩膀。“找到什么了吗?”

“好像是这个……”他仿佛不是对我说话,只是在喃喃自语,“如果还不是的话,我就实在不知道了。所有情况都……吻合。”

我用双手的拇指在他的肌肉上打着圈,一边扫视着屏幕上的文字,那些字使我畏缩。“你觉得是这样?”

他把光标移动到一段文章的结尾处……然后转动椅子,拉我在他的膝盖上坐下。“我觉得是这个——就叫这个名字。”他凑近我耳边轻声说道。

“如果是这样……”我指着屏幕上那个字母太多、念不出来的名字，“如果我们家猪圈真的是这情况，你能接受吗？”

我感觉到他的解脱，宽慰之情也流进了我心里。

“能……也说不上来。我不希望是这样，这看来几乎不可能根除。可是你知道吗？”

我扭头看他的眼睛，我们两人的目光接触、交会。他环抱我的双手搂得更紧了，我们在希望中携起手来。

“我竟然觉得高兴。”

这是真的。他没有皱起眉头，海水般的眼睛风平浪静。

“神是良善的。他给了一个名字……**只是给了一个名字**。当你找不出某件事情的名字的时候，当你活在重重阴霾里的时候。这种情绪会催人老化。”

我用自己长着皱纹的额头贴上他的额头。

“但是当你可以给东西起名字的时候……”

当你可以命名……

我的清单摊在料理台上，我在清单上为神的礼物命名……

117. 洗净还带着温度的鸡蛋

118. 火炉里的噼啪声

119. 热腾腾的曲奇饼

命名，就如在伊甸园时。

我为神赐的礼物命名，宛如回到了伊甸园。神在创世之初凡说出一个名字，就让那样东西存在。命名便这样填充宇宙最初的虚空：对光、大地和天空的命名。第一个人类的第一件工作也是命名。亚当通过为各样活物起名，与造物主共同完成了创造，从无序、难以定义的虚空混沌中释放了大地。我从自己的日志里、从丈夫的神色中也明白了：命名会赐予我们认知。当我为生活中的那些时刻命名——譬如晾衣服时，奉主圣名祷告，“主啊，我感谢你，感谢你让床单在风中飘扬，毛茸茸的麻雀停在晾衣绳上，冬日暖阳下，果园里挂着最后一片树叶。”——我成了亚当，发现了自己的意义和神的意旨，命名就是在学习天堂的语言。亚当的后代从未停止这命名的工作，通过命名来认识身份——我们的身份以及神的身份。

夜深了，我终于可以放松筋骨。我在灯光下看起书来，翻到其中一页，意外发现了这些文字：

那么在圣经里，名字……揭示了事物的本质，更确切地说，揭示了它作为神的礼物的本质……为事物命名就是彰显神赋予它的意义和价值，了解它来自神，也了解它在神所造的宇宙中的地位与作用。换言之，为事物命名，就是为了它赞美神、在它之中赞美神。⑤

我又读了一遍这段话。我的心怦怦直跳，已经听不见时钟的声音和洗碗机的嗡嗡声了。我所看所想的，只有自己心血来潮而写的那一千次感谢、对每一时刻的命名——这的确是一件神圣的事。

一次命名其实就是在称呼一件神的礼物。我又读了一遍："为事物命名就是彰显神赋予它的意义和价值"。当我看待自己的某一天、某样东西、某件事情时，可能会像以色列人见到吗哪时那般陌生："这是什么？"但是一旦为它命名，名字便彰显了它的意义：了解它来自神。**这是礼物！**命名是了解事物在宇宙中的作用——命名即是**解开奥秘**。

为眼前出现的东西命名，捕捉原本可能错失的东西，能将无形变为有形。

我内心的虚空处正被命名所填补。

我为事物命名。我知道自己面对的是谁的脸。

**那是神的脸！**神在所有细节中；神在每时每刻。神在生命中所有淡去的景物里——甚至在生命的伤痛里。

神啊！

我怎能不去命名？为这些时刻命名，或许能改变我用以称呼自己的丑恶之名。

我动笔写起日志来，用命名来解答，写到笔断墨干就甩一甩笔、在纸上画圈，出墨了就继续写。

～

有些日子我写得费劲，心生倦怠。我不知道是因为蜜黄色的光流泻在墙上，照出附着在物体表面的灰尘，还是因为一阵烟雾蒙住了我的双眼，抑或是我又被欺骗了。不过那天一大早，洗衣机就忙碌地转个不停，六个孩子也学习了很久，我尝试重拾感恩，因为我曾了解喜乐的神迹可能此时此地就会出现。

243. 沾上风的香气的干净床单

244. 有家的味道的热燕麦粥

245. 晨曦里的光脚丫

我真切地感受到，命名时我是快乐的。但是煮粥的锅子还浸在水槽里，我也不知道我的嘴——心灵的门户——究竟学会了多少感恩的语言。（当时的我并不知道后来会发生什么。）我忘了伊甸园般的幸福，忘了命名和驱逐钉子的事，我的作为现在看来有些……幼稚与做作。研究奥秘就这么简单？我承认，即便见过、尝过、触摸过这许多事物之后，我仍旧对此嗤之以鼻。我渴望学会圣人的智慧和困难的语言，渴望在所有处境中流畅地表达感恩，哪怕遭遇最丑陋、最令人心碎的事。我想得到最为丰盛的生命。我怀疑——虽然只是一闪而过的念头——我是否在做一个可笑的实验？有时候，对于终日带孩子、洗衣服、洗碗盘的人来说，真的难以想象这些生活琐事蕴藏着宇宙中的全部奥秘。这些事平凡得令人沮丧，令人生厌。

然而将钉子钉入生活总是如此平凡。

我拿起日志本。保罗说过两次的话，我一定不能忘记。他说他必须**学会**。而学习需要练习，哪怕时常是枯燥麻木的练习。C. S. 路易斯也对寻找丰盛生命的人说过："如果你把这个世界当作只为我们的幸福而存在的地方，那你会觉得它不堪忍受：把它当作训练与修正的场所，它并没有那么糟。"⑥它甚至可能是美好的。所以，我也可以像孩子们那样，每天背诵、练习拉丁语词形变化表，反复念叨：*amo*，*amas*，*amat*。洗衣机叮地响了一声。我明白了，这就是为什么我从未真正学会"凡事谢恩"的语言！尽管牧师都曾讲授，我回到家还是继续发牢骚。我从未**练习**过。要练习到使之成为习性、成为皮肤般自然。练习是学习最困难的部分，训练是转变的实质。必须锤炼，锤炼，再锤炼。

这种训练可能会成为我人生最艰难的课题，但或许它也会拯救我的人生。

～

有些日子里，我会拿起相机，相机便成了那把锤子。

透过相机镜头里的光圈和感应器记录眼前的景物，就像用笔记录一样。我把这个薄薄的傻瓜相机塞进口袋，探索另一种记事方式，促使自己睁大双眼；这是另一种以虔诚的感谢来接受某个时刻的方式。丈夫从猪圈回来，见我手持相机坐在阳光下，正倾身拍摄一盆碎奶酪。没错，我确实觉得这么做很愚蠢。这只是假日里一盆堆得高高的莫萨里拉奶酪丝和切达奶酪丝。我在调微距，拉近焦距拍特写镜头。丈夫今天早晨用强壮的臂膀独自喂了六百五十头猪，还用电焊机焊了铁，很可能不会注意到这一盆碎奶酪显出的神的荣光。

然而并非如此。

“我喜欢看你这样。”他伸出一只手臂环住我的腰，用力将我拉到怀里。

“这样古怪？”我为自己的愚笨红了脸，而他用四天没刮的胡茬磨蹭起我的脸来。他笑了。

“这样**美好**。”他对着那盆奶酪抬了抬下巴，“神赐给我们的这些小东西都让你开心。这也让我很开心。”

为神赐的小东西感到开心。一堆奶酪丝就让我开心得离谱，这的确很疯狂，我就是那个开心笑着的人。**我改变了！这份喜悦令我惊讶！**

喜乐是最真实的现实、最丰盛的生命，喜乐总是被赐予的，而不是自己攫取的。神赐我礼物，我献上感谢，我打开这神赐的礼物：**喜乐**。

确实，面对临终的床榻、黑暗的天空、回头的浪子，我从未放弃学习在困境中感恩。所有难事都在适当的时候出现，随之而来的就是练习。现在，这一缕缕奶酪丝轻柔地告诉我，这是悄悄踏入感恩奇迹的第一步。为不起眼的东西感恩，这是一颗种子，终将长出巨大的奇迹。感恩的奇迹如同最后的晚餐，在于咀嚼面饼的碎屑，一口下咽。不要蔑视小事。完整的生命——无论艰难与否——皆由细微小事组成，如果忽略琐事，便也忽略了整体。这是新的语言课，我正在实践。有一条实践凡事谢恩的重要途径，就是为小事感恩。点点滴滴，聚沙成塔。

我常读到圣经被频繁引用的这一节：“凡事要奉我们主耶稣基督的名常常感谢父神。”（《以弗所书》5：20）我总是点点头，一脸严肃地说：“我是凡事谢恩的。”但是在枚举一千项、甚至更多恩典的过程中，我发现以往自己只是沾湿感恩的刷子，涂抹万事万物的表面，极少由衷发出深刻的感谢。听了一辈子“凡事谢恩”的布道，书架也塞满讲述这道理的书籍，如今我所见证的是：只有一次钉下一枚真实的钉子，久而久之，改变人生的感恩才能与生命本身紧紧相系。

小钉子和持之以恒的锤子可以重建人生——先有感恩，神迹才会出现。

我拍下了一张奶酪的照片。

～

我擀开面团，在披萨饼底上薄薄地撒了一圈奶酪丝。我感觉阳光和煦地覆盖双手，感激之情由毛孔渗入心底。我思忖，一盆奶酪所显出的神的荣光看似微不足道，心灵聚焦于琐事甚至可能是一种冒犯，因为这世界疮痍满目，残缺不全，荒凉得可怕。

我知道世上有人正遭受悲惨可怖的苦难，我见过饥荒的大地与战争的枪炮。我曾活在痛苦中，人生经历告诉我：如果忘了感谢树叶间斑驳的晨光、七月野玫瑰的芬芳、潮湿夜晚蟋蟀的鸣唱、奔腾的河江、冉冉星光、雨水普降，忘了为良善的神所赐的一切美好事物献上感谢，这只会加深世界的创伤。这个世界何需更多愤怒、更多暴行？拒绝坦然的喜乐怎能拯救世界？喜乐才能救我们。拒绝喜乐，与受难的人并肩而立，这并不能救援他们。反其道而行才有用。勇敢者关注一切真善美的事物，即便再微小，他们也为此献上感谢，在当下、在周遭就能发现喜乐。他们才是推动变革的人，能将最丰盛的神光带向全世界。当我们铺展艰难生命的土壤，迎接恩典的甘霖，让喜乐渗入干裂的缺口，润湿磨破的皮肤和深处的隙缝，**生命**便会生长。这对世界、对我们而言，难道不是最好的吗？我们说出感谢，就能拨云见日。

为小事感恩，就如同世上最有福的女人在最具变革性的事发生以前所作的祷告。马利亚因着圣灵成孕，她低声赞美说："我心尊主为大"（《路加福音》1：46）。

我也应当如此；是的，即便在此时此地。

虚空处总会被填补。当我为看似细微的事物献上感谢，就空出了地方让灵命成长。这填补了我的虚空，我"以感谢称他为大"（《诗篇》69：30），神便进入世界。生命应当以何为大？是这个世界的压力裂痕，某一天的污秽，所有大错特错、千疮百孔的事？还是神？神的全能全知绝非渺小，神不需要如此卑微的我们称他为大。恰恰相反，我们的生命才是微渺的，但我们却妄自尊大。通过感谢，我们变得谦卑，世界回归正轨。我说出感谢，在神的恩典下成长，同时也让世界壮大。神使我振奋，喜乐正在酝酿。

我认为这就是祷告的另一端。

这种为恩典时刻命名的举动、这份感恩清单，已经超越了清单上的祷告，进入了另一端。祷告的另一端——神的宝座前，他强有力的慈爱之心里。这张清单是**神的**清单，有他的爱在搏动，在我们祷告的另一端跳动的爱。如今我已明白，挑战写下一千种所爱的事物意义何在。它其实是在为**神**爱我的方式命名，是真正的“爱的挑战”。接近神，聆听他无尽的爱，领会满溢的恩典。这是奇迹的宝库。唯一能够改变我们、改变世界的，正是他的爱。感恩也好，书写爱的清单也罢，我绝不能被简单的表象蒙蔽。奶酪、太阳、日志、命名、爱、此时此刻——这一切都神圣得令我惊异，我不敢大声呼吸，我应当脱下鞋子［仿佛在圣地］。

我是钟，神是坚定的风，他吹过，我必响动，我懂得这道理：这是另一端，祷告者但以理所在之处。推动变革、改变历史的但以理，宰相但以理，在狮子坑中安然睡眠的但以理。但以理的祷告之所以强大，不只因为他一日三次屈膝跪在至高宝座前祈求。但以理的祷告打动了王、封住狮子的口，全因他“一日三次，双膝跪在他神面前，祷告**感谢**，与素常一样”（《但以理书》6：10，着重字为作者所加）。一日三次，但以理为寻常琐事祷告**感恩**，感谢从万物中心满溢而出的神的慈爱。真正的祷告者是口中常说感谢之人。因为感谢会引我们到祷告的另一端，到神的慈爱里。改变世界的所有能力以及我本身，都存在于他的爱里。祷告、成为祷告者、拥有改变任何事的能力，都必定起始于说出感谢："只要凡事借着祷告、祈求和**感谢**，将你们所要的告诉神"(《腓立比书》4：6，着重字为作者所加)。"我劝你**第一**要为万人恳求、祷告、代求、**祝谢**"(《提摩太前书》2：1，着重字为作者所加)。只有在持续感恩的生命中，才会有不住的祷告。我过去怎么竟会觉得除了感恩还有其他途径可以进入神的殿宇呢?

阳光下被镜头捕捉的那堆奇妙的碎奶酪，让我想到了这些。智者诺威奇的朱利安曾说：

> 最高形式的祷告是向神的良善祷告……神只希望我们的灵魂全力依附于他，尤其依附于他的良善。在我们所能想起关于神的所有事情中，想起他的良善最能讨他喜悦，也最能给我们的灵魂带来益处。⑦

感恩清单**正是**想起他的良善——而**这一点**最能讨他喜悦！**而且**这也最能给我的灵魂带来益处。我刚刚才开始明白这个道理。如果依附于他的良善是最高形式的祷告，那么用纸笔、快门或一句感谢来见证他的良善，着实是我所能想到的最神圣的举动了，也是任何人在任何地方做任何事的时候都能够想到的神圣举动。感恩领我们进入他的爱。我被击中了，发出长久的感叹：但以理能作为一个祷告者，只因为他是一个感恩之人。我成为祷告者的唯一方式，也是做一个感恩之人。并且，感谢不可以是偶尔的、空泛的，必须是一日三次的感恩。是**每日感恩**祷告的力量封住了狮子饥饿之口吗？狮子坑中的感恩，绝对可以视作逆境中的感恩。

我从烤箱里取出披萨，融化的奶酪已经铺展渗透。有一天我会告诉谢莉，当我们心怀感谢接受生命，不求任何事物改变时，那么生命的改变就会到来。

我将披萨切成片。那只身上刻有“和平”二字的瓷鸽子——挂在厨房角落窗户上的那一只鸽子，她看起来正要迎着狂风，振翅翱翔。

· 第四章 ·

# 时间的圣所

我们唯一需要做的抉择,就是决定在神赐予我们的有限时间里做什么。

——J. R. R. 托尔金(J. R. R. Tolkien)

四月的阳光洒入洗碗水槽,我用手捧起了流动的光影。

水是热的。我洗着盘子,卷起的袖子下方,肥皂泡在手臂上留下了淡淡水迹,闪闪发亮。浸泡的盘子上堆起了肥皂泡。脆弱的张力支撑着一个个有弹性的光滑球体。

光线撞击着球体表面滑溜溜的薄膜。

我会注意到这些,是因为我特意观察。光束洒下,反射在肥皂泡表面以及内侧边缘……光线交汇之处产生光的干涉,泡泡的弧面上泛出彩虹色,蓝紫、洋红、青绿、金黄。仿佛渡鸦羽翼的色泽,不同角度有各种色彩,五光十色的液体,波动的光芒。

我伸手轻触这精致的奇景，泡沫微微颤动……鼓起，融合，清澈地闪烁，渐渐成熟圆满。

然后破裂。

科学可以解释这一过程，但属灵的双眼是如何看待的呢？我抓起窗台上的笔，又可以记录一份恩典了。手上的水珠不停地滴在盘子上，我屏息凝神，在那本始终摊开的日志上铭刻这一景象。

362. 阳光下……五彩缤纷的肥皂泡

我放下笔，用抹布擦干了双手，轻轻拭去溅到字迹上的点点水渍。

屋里乱作一团。

做午餐留下的锅子摞了起来。料理台上剩下的一点土豆变硬了。书本、纸张、铅笔和蜡笔散乱地摊在书房桌子上，里面藏着或遗失或留存的种种想法。孩子们的多米诺骨牌在地板上轰然倒塌，他们一窝蜂地跑出门，跑去屋外广阔的空间，留我在安静的孤岛上洗着碗碟。早晨的喧嚣忙碌使我的肩膀隐隐作痛。洗衣机运转着。那只翅膀上刻着“和平”二字的瓷鸽子依然由一条干净的线悬挂着。我在水槽边看着那只鸽子旋转、旋转，朝一个方向转，又反向转去，一圈又一圈，转到晕眩。

噩梦的那一夜之后，我就宣称自己不需要更多时间去做、去看、去经历更多。但是看看这一早上留下的残局，我显然深切渴望：渴望有更多时间来应对已然身处其中的生活。工作、孩子、三餐、洗衣、服侍，塞得满满的生活，看起来却空无一物。在这些事情之外，谁还有时间多承担一件事——写一本感恩的日记列举神恩？谁还有时间累积一千次感谢？我们拥塞的生活能否再多容纳**一件事**？

我放空了水槽里的水，肥皂泡混在油污里流尽了。

～

我再次打开水龙头，龙头里流出新鲜的水。我看着水流打出新的肥皂泡来。能看到这一幕，是因为我特意观察……

362. 阳光下……五彩缤纷的肥皂泡

我把碗碟放进水槽，肥皂水里又浮起了油污，我开始洗碗。我看到自己在不锈钢水龙头上的倒影。我认识倒影中的你，那双探寻的眼睛。你是迫切需要时间的人，我们买不到时间，我们出卖自己的时间以换取更多自认为想要的东西，看似得到，实则牺牲。人们说时间就是金钱，这是不对的。时间就是生命。如果我想要丰盛的生命，就必须觅得充分的时间。我拭去水龙头上的水滴；那里面有我的倒影。是啊，我认得你，生活的忙碌没有给你生命的源泉留下余地。我就是那张悲伤的脸。

神给了我们时间。而谁有时间留给神?

这不合情理。

我们在基督里不是有永生吗?基督徒不是有无尽的时间和永恒的生命吗?假如基督徒用尽了时间,是不是也丧失了自身的存在?要说谁拥有最多时间,难道不是基督的追随者吗?

我端着洗好的碗,拿起针织抹布擦起碗口来。我回想起五月那个肃穆的清晨,和往常的周二一样我去了墓园——然而那一天尤其难忘。

周二是孩子们去钢琴老师家学琴的日子。我会一边在那条街的墓园里等他们,一边思索我自己学习的关键。

那天我坐在墓园边看书,有两位头戴白帽的女士站在另一头的一处墓穴旁。在春日怯怯的阳光下,她们拉紧了夹克外套,她们在等待什么呢?一辆白色皮卡倒车至墓穴边,车上悬挂的起重机吊臂伸向土地张开的大口。一个穿着绿色工作裤的男人从车上下来,用吊臂的钩子钩住一个水泥箱,把箱子放进黑洞洞的墓穴。

接着有一辆黑色柩车缓慢地驶进墓园,徐徐穿过草地。它载来了棺木——某人身后的遗体。我将手中的书放到一边。

没有牧师来吗?只有两位年长的女士和开着掘墓车来的礼仪师?一只黑色乌鸦停在挖出来的那座高高的土堆上,像一只展翅欲飞的影子。

在灵柩里的亡者是谁?只有两个人前来参加他的葬礼。

这位亡者是否曾努力度过每一天，于是他首当其冲跑过终点线，结束了生命？双手抓紧生活的冲刺是否填补了他的空虚……也填补了一具棺柩的空洞？

**世人行动实系幻影。他们忙乱，真是枉然。**（《诗篇》39：6）

那两位女士并肩而立，挥手赶走了身边的苍蝇。礼仪师打开灵车的后车门，抬出棺木。在这尘事终结的肃穆时刻，有一个问题在一排排墓碑间回荡起来。一位牧师曾收到这样的提问，此刻我再次清楚地听到了这个问题：

“你一生最大的遗憾是什么？”

他们抬着那具木箱子穿过墓地。棺柩装载的是遗憾的重量。我的耳边响起牧师的回答。

匆忙。尚未完全踏进眼前的这件事，就急着走向下一件。我想不出自己曾因匆忙所得的任何好处，所有仓促过后，得到的只是成千上万破碎与遗失之物……匆匆之中，我以为在**追赶时间**，结果却是**浪费了时间**。[①]

我们急急忙忙、横冲直撞，破坏了自己的生活。

欲速则不达。

走出墓园前，我停留脚步，回头看着礼仪师穿行在墓碑间，耳边又响起另一位女士说过的话：“从家务琐事到祷告，在生活的所有层面上，在为达目标所作的各种判断与努力之中，匆忙和缺乏耐心无疑是不成熟的标志。”[②]

我用力擦拭手里的碗，试图擦去我不成熟的生活里所有的遗憾。

～

因为这就是我的生活方式。早晨闹钟一响，我就离开枕头，翻过丈夫赤裸的背脊，一刻不停歇地追赶那只时钟上的时间。时间，对手永远是时间，不成熟的我试图打败时间。六个孩子醒来，我们和时间赛跑。猪圈……赶紧。早餐……赶紧。书本、活页夹……赶紧！在沉迷于速度的世界里，我将原本分明的种种时刻揉成污秽的一团。这就是我的做法，现在依旧如此。时钟狠狠地挥舞鞭子，所以我努力前行，大声叫喊，重重摔倒。当孩子们的大眼睛溢出悲伤、嘴唇柔弱地颤抖时，我感到劳累，我成了透明的薄膜，映照出他们的疲惫。他们几欲溃堤，和他们一样，我的双眼也闪烁着满满的痛苦。

匆忙使我们受伤害。

也许正是这伤害驱使我们前进？我们看似朝某个目标疯狂地奔跑，有没有可能实际上是在逃避——急于逃离追赶我们的痛苦？

无论我们跑得多快，时间都会追上，我们无法超越，只能加速，将脚步踩得更用力；而时光也会加快脚步。越是赛跑，越会被时间绊住，直到生命消耗殆尽。我跑得越久，伤口就划得越长，血流不止。

匆忙总是会掏空灵魂。

窗外有六个我爱的人,云杉树下的那六个孩子。十二只小手正在收集掉落的球果。十二条腿时而弯曲下来。已经长成小男子汉的儿子怀抱一堆枯草,那是冬天的弃物。个子最高的女儿把小女儿露出春帽的几缕金发塞进帽檐。两个小儿子俯身将球果投进提桶里,头碰头闹着玩,脸上荡漾着欢笑,肩头开心地抖动着。噢,听见这熟悉的笑声,我也跟着笑了。

用来融化巧克力的旧平底锅从堆叠的碗盘上滑落,摔到了地板上。我把锅子拾起来,看着它沉进水槽。

我对神说:我并非真的想要**更多**时间;我只想要**足够**的时间。深呼吸的时间,亲眼观察的时间,开怀大笑的时间,归荣耀于你、好好休息、歌颂喜悦的时间,只是想要一天之内有足够的时间不必感到烦扰、压力、紧迫和慌乱,不必**急着**把事情在当天全部完成。在这个世界,人们需要购买牛,有田地要照看,有工作要做。在二十一世纪电子设备的包围下,晕头转向的人们把"活在当下"挂在嘴边,却似乎没人知道如何去做。有谁真正懂得从容生活,让身心与神同在?有谁懂得抽出时间从衣钩上取下外套,出门走进新鲜空气和蓝天绿地,在阳光下赞叹周围的一切?而这样的时间能折射出七彩光芒。

**我只是想要时间来过好自己的生活。**

我手边的一个肥皂泡破裂了。

~

肥皂泡,由光线、水、空气组成的悬浮的球形薄膜。谁有时间关注这种东西？

我吗？那只是因为我刻意观察。因为那张记录一千个恩典的清单敦促我不断搜寻下一件礼物，见证下一个孕育奇迹的时刻。

此刻水槽之中就有奇迹，这就是我寻找恩典的来源。我将手掌没入水中，捧起的薄膜包覆着奇迹时刻。阳光下，纯净的泡泡闪闪烁烁，泛出一条条暗红、深蓝的光带，流光溢彩。

我看出了寄寓其中的道理，看见自己重塑生活的方法。这是我不曾注意到的。

清单上的第362条：

362. 阳光下……五彩缤纷的肥皂泡

这就是我对时间的应答。

时间是一条无情的河流。它奔流不息，对所有人一视同仁。而只有这种方法，是让时间减慢速度的唯一方法：当我全身心地投入时间的疾流，将所有专注的力量投入当前时刻，我就在原地用自己的重量放缓了水流。**在原地就可以放缓水流**。只有充实地活在当下，才能活出丰盛的人生。当我不断寻觅下一种闪着荣耀的恩典，我便放慢脚步，用心投入。时间也会减缓速度。全神贯注把此刻的重量浸入时间，这条时间的河流就会走得慢些，再慢些。

我手中的肥皂泡颤动着，边缘闪出一道彩虹。

盲目的双眼又变得明亮：是这种对荣耀的搜寻照亮、放慢了生活的步伐。这道理像气泡般透明，显而易见：为一千件事物献上感谢，归根结底是邀请自己用所有专注的重量将时间放慢。在当下的时空，我专心而清醒，完整接受此刻，全身心地投入时间。

我倾斜手掌，让肥皂泡晒到更多阳光，它的圆顶上，光波频率增高，光带颜色变深，火焰般的蓝色打着旋融入血红色——一颗万花筒般的星球。全心专注填补了虚空的疼痛。

这种感恩的方式是否就通往难以捉摸的丰盛的生命、活在当下的生命？姐妹也曾给我忠告，当我为明天焦虑纠结时，当我为逝去哀伤不已时，她忠告的话语会拖着我，让我留在原地——"无论身在何方，要人在心在。"[3]我奔跑着生活，忧虑前路而气喘吁吁，遗憾回顾而脚步沉重。我惧怕活在当下，因为当下的要求最为困难：敞开心胸接受。

光线照射着肥皂泡的薄膜，在这层几百万分之一英尺厚的墙上，能量传播、反射、折射，光波的波峰与波峰、波峰与波谷相互渗透、碰撞，大理石般的黄色花纹汇入靛蓝色。我清楚地观看着，我将它捧在手中。

这是神的所在。

就在当下。"自有永有"——神之名。我想脱下鞋子。"自有永有"，充满了当下的重量，那条时间的河流也脚步放缓……神是超越时间的。肥皂泡微微抖动着。还是我的手在抖动？满足虚空的不是恩典本身，而是这时空里的神圣。神就在这里。肥皂泡向阳的那一面圆弧上打起了旋涡，蓝紫色顺流而下。这是至高的恩典,神居于此刻的时间里。我屏住呼吸……时间是唯一的关键,因为时间是神的本质,“自有永有”。我必须将时间奉为神圣。

我也许应当永远虔诚地光着脚。

肥皂泡拱起成为一座教堂的圆屋顶。那么,我该做什么?我应该使每一刻都变成一座释放光辉的教堂……我是雅各,**“耶和华真在这里!我竟不知道!”**(《创世记》28:16)是感恩将此刻筑成恩典的穹顶、神圣的建筑[④]——神的所在。感恩使当下时刻变为一座圣殿。我发誓:我不会以愚昧的匆忙或可耻的忘恩来亵渎这一刻。我会是雅各,我会给这一刻起名叫**“神殿”**(《创世记》28:19)。水晶球在窗外透进的阳光下闪闪发亮。

时钟缓慢地滴答作响。我听到它真实的声音:美好而神圣。时间——神在万物之中首先定为神圣之物(《创世记》2:3)。感谢神给我们时间,神进入时间,他的存在使之神圣。诚然,全神贯注能放缓时间,我充分地活在当下,活在这一分一秒中。不止如此。我也在这里意识到神的存在。当我身在当下,我遇见了自有永有的神,神就在当下时刻出现。在他的怀抱中,时间所有速度、压力、空间的意义都不复存在,它如此静谧地停伫……如此神圣。

我只能够身在此处爱他。

泡沫发出光泽,宛如牡蛎吐露的珍珠。

我手捧着它,直至它消失。随后我慢慢擦干浸湿的双手,拿过日志本来,提起钢笔,将旗杆插入陆地,占据新的领土，旗帜迎风飘扬。我只能够身在此处爱他。我有留给神的时间……

363. 透明球体反射的光泽

364. 云杉球果落进提桶里弹跳的声音

365. 高高枝头乌鸦的啼鸣，它羽翼上的七彩色泽

我是捕捉美的猎人，我缓缓移动，睁大双眼，每一块肌肉的每一丝纤维都感受着全然的奇迹。这是捕猎带来的兴奋，我可以成为精通丰盛生活之道的人，美的猎物潜伏于每时每刻。

我渴望体验生活。

感受神的存在。

～

我把巧克力块切成两半，刀子平顺地从中划过。有一只瓢虫在窗台上爬着，身着红黑斑点的服装在春天招摇过市。她背部分开，伸出翅膀，飞走了。我将她写成了清单上的第366条。我放慢了时间！一个瞬间竟蕴藏了如此多的喜悦，着实意想不到。

碗盘浸泡着。时钟滴答响着，在我听来像一首轻松的歌曲。我舔了舔指尖沾上的巧克力，吞下这甜蜜滋味，我尝试毫无保留地敞开胸怀。

为什么感恩是时间匮乏、灵魂饥渴的解答？

我取出一叠白色瓷盘，在每只盘子上放一块甜点，慢慢地再数一遍——甜点够不够？

就如同神一人耶稣数着不够分的饼和鱼。我在幼年的毛毡粘贴板上就已学到这个神迹："耶稣拿起饼来**祝谢了**，就分给那坐着的人，分鱼也是这样，都随着他们所要的"（《约翰福音》6：11，着重字为作者所加）。

**祝谢了**。他也在这里祝谢了？又一次？我以前竟从未注意过这一句？

我从未细想过这两个字、过渡的这两个字，它们是消除不足、抵达充足的桥梁。

**祝谢**。

**感恩**。

耶稣接受不足的食物……他**祝谢了**……而后食物便有了余裕——**更胜于充足！**

永远有感恩，在神迹发生前永远先有感恩。

谁不希望每天都有这般神迹发生？**而感恩会创造时间**。

真的吗？感恩之后能得到时间？感恩……用全部的专注放慢时间——原本时间不足的篮子里会生出充裕的时间。

甜点还有剩余，我将它们堆在盘子边缘，突然意识到生活中一个未曾发现的问题。

生活真正的问题，从来都不是缺少时间。

**在我的生活里**，真正的问题是缺少感恩。

感恩创造出盈余；每当我献上感谢，事物增长的奇迹就会出现——耶稣拿起饼来，祝谢了，饼就从不足变成有余。我见过阳光下的肥皂泡，我明白这样的奇迹。

做母亲使我身心俱疲，但是当我的心尊主为大，时间便增加了。我望着窗外那六个孩子，他们被我抱在怀中、放在心里，我为他们倾注了所有的时间。第362个恩典以及此前所有的恩典告诉我：我可以从曾经的怠慢、漠然和疏忽中赎回时间，只要我满怀感谢，投入当下的时刻，为此刻向神感恩，这会让时刻增长，时间会变得充足。

满怀感谢，就会拥有充足的时间。

我轻轻地倚在门边，摇响手中的晚餐铃。是感恩邀请我来到此处的壮丽，来到“自有永有”的怀抱，使我仅存的一点时间增至充足，使此刻焕发荣耀。我摇铃呼唤孩子们回来。

晚餐在桌上摆好了，充足而有余，尽管我经历了磨炼与重重考验。

～

孩子们踩着响亮的脚步进门，金蝉脱壳似的褪去外套，靴子滴滴答答地在地板上留下一串脚印。

最高的女儿没有随手合上门，门往回砰地撞上了小女儿的手指头。小女儿尖叫了一声，疼得直跳，泪流满面。

哥哥的袖套戴得太紧，他使劲脱掉的时候，一不小心重重地敲了弟弟的头。弟弟挥舞着拳头，号啕大哭。屋子里多了外套、靴子，还有尚未收拾的多米诺骨牌、碗盘和书本，谁还有时间应付更多？更多工作、更多事情、更多压力。我感觉到脉搏剧烈地增速。全身心地投入当前的时刻会将我淹没，河流汹涌奔腾。一次又一次，我时常忘记该怎么做，然而今天我却记得。我吸了一口气，在这席卷而来的洪水中默不作声，摇晃着站稳了脚跟。我持守住了关于奇迹的主张。我知道通往应许之地的道路。

我做了一直以来该做的事。我讲道，讲给最需要的人听——对自己讲道。飞驰的时间用力拉扯我的皮肤，我在澎湃而过的洪流中高声说出这样的话，对我而言像水分一样必要的话："冷静，欲速则不达。人生不是紧急事件。人生虽短暂，稍纵即逝，但它并非紧急事件。"我捡起一件外套，感谢神让我有双臂可以做这件事。"紧急事件是突发的、意想不到的——但日光之下，有任何事是神意想不到的吗？"我叫来一个儿子，递给他衣架挂外套，感谢神，儿子听话照做了。"保持冷静，投入当下，献上感谢。"感谢神让我们有靴子可穿，我将靴子排成一行，孩子们的小手也来帮忙。"我永远都可以献上感谢，因为全能的神永远让这些事物——所有的事物——得到控制。"我深吸一口气，听神对我讲话，他的低语让仓皇不定的灵魂在恩典之河中得到抚慰。

**人生不是紧急事件。人生是感恩。**

感恩。

我同样想要安慰生气大哭的儿子，伸手抚摸他的脸颊。我为他额前翘起的那一绺鬈发感恩，那绺头发仿佛在向我招手。我将儿子紧紧抱入怀中，我知道人生太过急迫，因此才需要慢慢生活。

只有不成熟的人——我向来不够成熟——才会认为缓慢和急迫是对立的两个极端。

孩子把头靠在我的肩膀上。我轻抚着他的头发，用手指卷起那绺鬈发。我感觉到他双颊的温度，感觉到我血液里时间的流动变得轻缓，变得闲散。这是精通生活的人所懂得的道理吗？

懂得在基督里，急迫**意味着**缓慢。

懂得在基督里，最为急迫的事情需要缓慢而持久的崇敬之心。

我停留片刻，抱着儿子，也拥抱着生活，小心翼翼、专心致志、满怀感谢地拥抱着。饱满的生活就像是敏感易破的球体，只有从容不迫的虔诚双手可以将其捧住——它是一个以敬畏掬起的肥皂泡。

我把小儿子抱到桌边。

～

孩子们肚子瘪瘪的，带着饥饿的眼神围坐桌旁，和他们的父亲一样，看到好吃的东西在盘子上堆得高高的，就咧开嘴笑起来。他们不停地大声聊天，迫不及待地等着我点头。我也笑了，“你们可以……”

他们埋头吃了起来。

我看着他们安静地大快朵颐，味蕾慢慢地品尝。我用的食谱是母亲在我小时候做菜用的，那时候我的额前也有头发翘起，就和孩子们一样。

大儿子满口食物，咕哝着说："我不要吃得很快。"他伸出舌头舔掉沾在嘴唇上的巧克力。"想好好地尝味道。"

"噢，我像你这么大的时候吃饭都狼吞虎咽。"我拖出一把油漆斑驳的餐椅。这把老旧的椅子以前是社区中心周六晚上舞会时排列在墙边的，现在还能坐，只是有点摇晃。"我的外婆露丝会摇摇头，反感地看着我。就像这样。"

我摇着手指，学外婆的样子给他们看。孩子们看得直笑，露出了满嘴的巧克力。

"她会说：'我的天啊，孩子，不能这样吃饭啊！做这顿饭可是花了时间的，你也最好花时间来吃。慢慢吃，像这样。'接着她会刻意慢慢地咀嚼食物。为了让我记住，她接着对我说：'食物是用来品尝的。'"

大女儿嚼食物的速度慢了下来。我对她眨了一下眼睛。她笑了，用手指抹了抹嘴。

"猪排、土豆、豌豆，对我来说都只是普通食物。"我用盘子添了甜点，递给眼巴巴望着的儿子们。他们跪坐在椅子上，每个人都紧盯着略大一丁点儿的那一块甜点。"但是外婆做的苹果馅饼，还有奶油糖？要是那些东西，她不用对我讲，我也会慢下来好好吃的！"一个儿子张嘴咬了好大一口，心照不宣地笑了起来。我环顾孩子们的脸庞，他们的味蕾活跃起来，眼神在甜蜜中闪着愉悦的光。

我是从什么时候开始不再觉得生活如甜点般甜蜜了呢?

我从桌旁离开,把遗憾放到一边。孩子们需要喝的。我哗啦啦地拿出不锈钢杯子,倒了冷牛奶,心里想着那两个往以马忤斯轻快赶路的门徒。那两人一开始没有察觉眼前是复活的耶稣,直到他们放慢脚步,坐席的时候,耶稣拿起饼来,祝谢了,他们的眼睛就明亮了,睁开了,这才认出面前是谁(《路加福音》24：13—35)。快步赶路的人终于有了徐缓的心灵。

我把杯子拿回餐桌。

干涸而空洞的身体止步,灵魂追赶上来,如果我在这里祝谢,又可能认出谁来呢?我把两个杯子递到餐桌另一头。人饱腹之后要过整整二十分钟,脑中才会反映出饱足感。那灵魂要过多久才会意识到生活已经足够丰盛了呢?生活过得越缓慢,丰盛和满足的感觉就会越强烈,身体和灵魂也会步调一致。我投入这一刻,疾走的时间缓和下来,神经元刻下记忆。大女儿正舔着指尖上的面包屑,她皮肤的轮廓反射着光。大儿子的双手已经和成年人差不多大,他拿起杯子咕嘟咕嘟地喝着牛奶,那双手在初生时曾紧紧抓住我的手指。小儿子口齿不清地讲了一个笑话。孩子们开心地玩笑,他们和巧克力都为我带来甜蜜滋味,我不展望前方,也不回顾过去,就在这里全神贯注地投入这一刻。

**生活是甜点——小巧精致**。因此不能急着吃完,切勿囫囵吞枣。小女儿伸出舌头来,想要舔掉沾在脸颊上的巧克力。

“还要牛奶吗?”

她点了点头,眼睛张得大大的,笑着说要。

我又帮她倒了一些。我想要庆祝一番,便对他们说:“好,我们来吃蛋糕吧!”我想光着脚丫,摘满怀的罂粟花,捧着一颗更强壮、更坚定的心,和母亲一起久久地坐在落日余晖下。“无论身在何方,要人在心在”,只有抱持感恩的态度才做得到。**我想要放慢速度,品尝生活,献上感谢,看见神的同在**。

日历上标了这星期的四个预约和两天晚上的约会,六个孩子都有游泳课,他们的钢琴演出和考试也就在周末,还有许许多多安排……每天的行程如洪水泛滥——但充分的投入能减缓这水流。我永远都可以选择全神贯注,不是吗?生活是否简单,归根结底取决于是否专心。感恩,感恩。它能让专注保持简单,保持神圣。

我看到神的双手将恩典放上时钟。我渐渐变老,孩子们渐渐长大,而时间并未流尽,岁月不是筛去时间的筛子。随着经过的每一分钟、每一年,我越来越深刻地认识到,我在填充时间,**获得时间**。我们站在永恒的边缘。

小儿子吃着吃着停了下来,用舌尖舔了舔牙齿。我看着他笑了。他见我看他,也咧嘴笑了。他吃掉了最后一口巧克力,嘴里还塞得满满的,轻声说出了这样动听的话:“我爱你,母亲……也爱这一切。”

**这一切**。

这教堂般的时刻、与我们同在的神、消失之前存在过的这片刻。**这一切**。

我是雅各,这一刻是神殿。我伸手去拿餐盘。

我要细细品尝时间所包覆的一切。

· 第五章 ·

# 在这世上，究竟什么是恩典

事不如愿时的一次感恩，抵得上事遂人愿时的一千次感恩。

——阿维拉的圣约翰(Saint John of Avila)

屋前门廊里插的旗帜，是母亲从伯维杂货店买来送给我的，它飘扬在七月乡间的徐徐微风里。

趁着正午的炎热尚未到来，我在清早第一道曙光下浇花。繁花鲜红似火，有从花市买来的矮牵牛、秋海棠和越冬的天竺葵。我看着水渗入泥土流尽。水流入，花盛放，这是门廊里的奇迹。洒水壶空了，我轻轻伏在围栏上，看几只蜜蜂嗡嗡地背负着紫色金花菊的花蜜，为蜂后劳作着。不知从哪儿又忽然咝咝飞来一只红宝石般的蜂鸟。我屏住呼吸，生怕惊动了它，只望着它敏捷地穿梭于丛丛花蕊间。

蜂鸟的长喙吸吮着七月阳光酿成的花蜜。我望着它,仿佛化身为它,饮用此刻的琼浆。

我愣愣地看着,这时背后传来了说话声。

“利瓦伊的手被猪圈里的电扇打到了!”

我突然双膝发软。一路跑来的大儿子气喘吁吁地靠在门框上,他刚才去帮忙喂猪,衬衫上还沾着猪饲料。

我丢下洒水壶,往猪圈奔去。

我抓着裙摆,光脚跑过院子的碎石路,心中满是恐惧。脚跟踩着尖石头,四岁时的回忆又浮现出来,我跟在母亲后面飞奔,母亲跑到她被车碾过、淌着鲜血的孩子身边。如今我也成了母亲,我吓得两眼发白,跑向我的孩子,此刻他受了伤,正流着血。我控制呼吸,慢慢地吸每一口气,这样我看到利瓦伊时才不至于晕倒。他一定在大哭,他一定……猪圈的电扇为几百头猪通风,每一片扇叶有两英尺长,每一片足足有两磅重,每一片都呼呼转得飞快,我难以想象这电扇劈到小男孩的手会有什么后果。

没准会砍断他的手。

在通往猪圈的小路上奔跑,我的心提到了嗓子眼,我想这或许就是——在艰难之中感恩。此刻我才知道,我并不想懂得这件事……永远不想。

该如何摊开手掌,领受这一刻的圣饼,明知它会令人受伤。

～

三小时后，我们的车喀喀地驶过碎石路，我带着利瓦伊看完急诊回到家中。利瓦伊低头看着手上的绷带，抽泣着，肩头不住地抖动。母亲在家门口等着我们。她曾惊慌过，哭泣过，失去过她的孩子。她走到石子路上接我，额头上深深刻着焦虑。

我带着我的孩子，对母亲说："他的手还在。"

我打开车门，扶七岁大的利瓦伊下车，一边继续安抚母亲："十根手指也都在。"她如释重负地垂下头，一手捂住胸口，舒了一口气。

"电扇打得很重，不过他只是食指骨折。医院在帮我们预约外科医生。"医生会告诉我们电扇撞断手指的力道和速度。他手指的骨头被截成两段，弯折扭曲了，需要动手术矫正，避免神经损伤。不动手术的话，利瓦伊的右手食指就会弯曲而丧失功能。

利瓦伊受了惊吓，目光依然怔怔的，他举起绑着绷带的手给脸色苍白的外婆看。

"不过幸好——他的手还在！"我试着将希望灌输进利瓦伊小小的身躯，也送进母亲的恐惧里。

她紧张的神色松弛下来，靠向我，把手牢牢地放在我的肩头，坚定地对我耳语道，"**神的恩典**。"继而又小声说，"**神的恩典**。"她拍了拍我的肩，我感觉到她的宽慰……也感觉到自己有某种黑暗、愤怒、丑恶的情绪。

我带利瓦伊进屋，一手环抱着他，一手护住他缠了绷带的手。心里的一个问题如盘蛇般迂回而上，几乎要动摇我的舌头，使我脱口而出，但我阻止了它，闭口不问。可是那些话仍旧悄悄蹿升，暗中使力，紧紧勒住我。

如果他的手被截断了呢？

**神的恩典又在何处？**

我可以问这个问题吗？

～

我给利瓦伊拿了个枕头，他已经哭累了。我抬起他的头，将枕头塞好，让受伤的他躺得舒服些，然后抚摸着他的头发。他的睫毛一动不动，胸口随呼吸起伏，渐渐睡熟了。我想着从急诊室回家路上在电台里听到的消息，播音员的声音混着杂音，那是在午间农场新闻之后播报的讣告。一个门诺会的十三岁男孩去世了，他就住在这条路上的那座红屋顶乳牛场，我丈夫也在那里长大。一个农场男孩，因意外丧生。讣告播报了他的死亡日期、兄弟姐妹、葬礼细节，但没有提及他母亲的心情，家庭的破裂令她心碎。

究竟为什么，无论我走到哪里、看到什么消息，总是有死亡出现？我祈求得到一些轻松快乐、无忧无虑的消息，只为过一个轻松快乐、无忧无虑的人生。我的感恩日志摊开在料理台上。我又拿起它翻阅以前写的内容，用手划过一个个编号，回忆着无忧无虑的时刻。我在回顾中发现，每天的感恩练习，是在实践神所喜悦的事。我在春天写下第 362 条“水槽里的肥皂泡”，如今过了几个月，条目又增添不少：

457. 鸡舍里刚下的红壳蛋
485. 束起卷发的蝴蝶结
513. 摇晃着蓝色果冻的孩子们
526. 新牙刷

还记得写到过半时，我一心想往下数，停不下笔来，不断在寻找下一项，好让这本恩典记录往下铺展，记录我们定格在感恩里的生活故事。

613. 纸袋玩偶表演
647. 新生猪崽的粉色皮肤
663. 打开的果酱罐头
664. 没有抽丝的长统袜

编号留下了岁月的踪迹；列举祝福是解开喜乐之谜。喜乐——“基督徒最大的秘诀”[①]，喜乐藏在感恩之中，还有什么人比耶稣的子民更懂得感恩？似乎没过多久，就快要数到一千个恩典了……

748. 母亲把鸡汤送到家后门来

783. 姐妹的谅解

882. 不露齿的笑容

891. 树林里的泥土香气

冬天来得早，我下笔有所迟疑，不想结束这本日志。

904. 初霜嘎吱破裂的声音

924. 掏空热气腾腾的南瓜

943. 夜里跨过狗儿进屋

971. 寒冷午后煮茶的水壶鸣叫起来

数到第一千个恩典时，我小心翼翼地写下：

1000. 复苏盛放的朱顶红——新年来临时的礼物

去年，婆婆给了我们那株朱顶红球茎。我把它放在厨房窗台上，放在那只瓷鸽子下面，等待它开花。地球在银河里又转了一圈，我依然等待着。癌症夺走了婆婆的生命，但她送给我的朱顶红却绽放开来，仿佛吹响号筒：**丰盛的人生！丰盛地活着！**

我的第一千个恩典。我努力领受了它。神以这项挑战赐予我第一千个礼物，他一路引领我，给了我这第一千个礼物，正如我所见，它揭示了这个信息：**丰盛地活着！** 仿佛故世的婆婆也在对我这样说。这礼物值得等待三百六十五天，值得从一数到一千，礼物不可思议地从死寂的黑暗中出现。喜悦总是值得等待的，丰盛的生活也值得相信、值得追寻！号筒般的朱顶红开花持续了好几个礼拜。

如今这张清单结束了吗？

我翻过一页。我走进了又一个年头，又一个春季，又一年阳光下的豆子、玉米和小麦，我笔耕不辍，见到什么都写。手提包里装一本日志，床头摆一本，还有一本放在水槽边的料理台上，电脑里也存了一个文档。现在的挑战已经由写下**一千个**恩典变为赞美**数之不尽**的恩典了！最初练习每日列举恩典、持续数到一千个，那是必要的门径，神以此重塑我、再造我、赐我新名，现在我又怎能就此放弃做充满恩典的安呢？

又或许，我才刚开始要真正成为充满恩典的安？

每日练习是通往完全自由的大门，列举一千个恩典的练习为美妙的自由开辟了道路。浑然不觉神存在于此刻，感受不到眼前的喜乐——现如今我已无法想象这样的日子。

但是对喜乐的觉醒，也唤醒了对痛苦的感受。

喜乐和痛苦，不过是同一颗心脏的两条动脉，为那些不麻痹自己、真实生活着的人输送血液。感恩日志的册页永远不会填满，然而我发自肺腑地明白：**生命就是不断失去的过程**。每一天渐渐被啃噬……

我会失去**什么**？健康？安逸？希望？最终，我必将失去曾经拥有的**一切**尘世之物。

我**什么时候**会失去它们？今天？几周后？在下一次失

去之前，我还有多少时间？

我会失去**谁**？答案很确定：我将失去**每一个**爱过的人，或猝不及防，或自然而然。所有人与人的关系都会随着失去而终结。对此，我准备好了吗？

我在生命中往前踏出每一步，都会失去生命的一部分。我活在等候中：今天我会失去什么，如何失去？

我回到利瓦伊身旁，帮他把毛毯盖好，这孩子面对伤口蜷起了身子。我望着睡梦中的他。

那个早逝的男孩，在他家里会不会也有人低语，“**神的恩典……神的恩典**”？

在这必然失去的世界里，究竟什么是恩典？

为越多祝福命名，这个神学问题便越深刻，从日出到日暮不断突显。如果我所列举的是一千个充满恩典的时刻，那在我的生活中，什么样的时刻才算是祝福？如果我将此刻当作恩典，那下一刻又是什么？是诅咒？该如何审视一天或一生，正确筛选出恩典，查探出咒诅？

什么是好的？什么是恩典？**神的心意是什么**？

我所信仰的神是不是偶尔才醒来，向受苦受难的人类洒下一点仁慈？是不是偶尔才穿过这个星球的外壳给我们一个惊喜，对我们伸出援手，让疾病得到缓解，赐我们一份好工作或是郊外的一栋好房子——而我见到的所有苦难和邪恶，神发现自己无力解决？他的良善是不是随机的，偶发的，才恰巧洒在了一本感恩日志上？谁能告诉我：

**那所有其他时候呢**？

～

利瓦伊呻吟了一声。我轻轻摸了摸他的脸蛋。厨房里有没有止痛药？我想找一瓶药来减轻孩子的疼痛。我的圣经摊开摆在感恩日志旁。我记起自己十二岁那年的夏天。

当时我们开车驶过一条砾石路，车尾尘土飞扬，我望着窗外范费恩家在林子里立的一块告示牌。我问父亲，为什么会有人在他们家的林子里面竖个牌子，上面的字又没人能看清。父亲眯缝起眼睛看了看我，然后母亲为我预约了验光师。后来再次坐车经过范费恩家的林子时，我已戴上了一副角质镜架眼镜。我清清楚楚地看见了告示牌，上面明白地写着：“当信主耶稣基督，你必得救”（《使徒行传》16：31）。

那片树林拼写出信息。我需要眼镜才能读懂。

每一片黑暗树林都藏有信息。每时每刻都是来自神的信息，他不停地书写心意。

谁能读懂他的信息呢？

我伸手探到药柜深处摸索着药瓶。我眯起眼努力看，却读不懂那些隐晦难辨的信息——那些受伤的农场孩子、苟延残喘的婚姻、身患绝症的母亲……战争、饥荒、疾病。写在这世上的所有文字究竟意义为何？我在《约伯记》里读到过一段经文，它把解读写在每时每刻里的神的信息视作一种艺术，视作丰盛的生命。神并非用一种语言对我们说话，而是两种：“神说一次、两次。”（《约伯记》33：14）第一种，他用手指将信息写在穹苍(《诗篇》19：1—3)，他永恒的大能就在所造之物上显明(《罗马书》1：20)；第二种，是神的道(话)，“神的道是活泼的，是有功效的，比一切两刃的剑更快，甚至魂与灵，骨节与骨髓，都能刺入、剖开，连心中的思念和主意都能辨明”(《希伯来书》4：12)。

我拿着药瓶，但我找到止痛药了吗？

要读懂他藏在每个片刻的信息，我需要先读懂跃然纸上的他的热情。我需要以圣经为透镜，去看他写在世上的话。唯有圣经才是正确看待世界的解答，因为圣经有布满钉痕的双手，会捧住我们的面庞，拭去流淌的泪水，它有深邃的双眼，能看透我们满溢的痛苦，对我们耳语：“我明白。我都明白。”经文里的热情是人的热情，用圣经作眼镜不是抽象概念，而是以神—人耶稣的双眼看世界，他生而为人，**明白**我们的伤痛。

那么，圣经是如何看待世界的呢？

～

我倒了两片止痛药在手心，递给利瓦伊。利瓦伊呻吟着，吞下了药片。我拿着水杯，告诉他痛会减轻一点的。我不去想手术的事，到时他的手会剧烈疼痛。

他疲惫地合上了眼睛。我再次替他盖好毯子，让他在黑夜里舒服些。随后我转身去找寻自己的药。书本里、钱包里、冰箱上、水斗镜子上，到处贴满了提醒用的卡片，它们已老旧泛黄，它们是那些日子留下的残破记忆。当时，我驱车离开精神病院那间上锁的病房，挺起的大肚子里怀着第一个小孩。我把母亲留在了那间病房，她曾眼睁睁看着自己的孩子流血死去，心里巨大的空洞终于使她无法承受。在病房门口，在那道铁门砰地关上之前，母亲把她的结婚戒指塞给我，以免被人偷走。我把它戴在自己的婚戒旁，开车回家。一路上，我的眼睛都快哭瞎了，那天我写了一夜的卡片，这些卡片是我借以看待世界的透镜。

十多年来，我一直保留着这些卡片。

我站在卧室窗边，在阳光下拿起一张卡片。卡片上被水溅湿过的字迹已难以辨认，那段文字摘抄自《以赛亚书》14:24:"我怎样思想，必照样成就；我怎样定意，必照样成立。"神怎样定意……**必照样成立**。

我读着这墨迹褪色的卡片，想起抄写另一段经文时的感受——"灾祸若临到一城，岂非耶和华所降的吗？"(《阿摩司书》3：6)今天我又有了同样的感受，我吸了一口气，想道：定意一切良善的神。**一切**。那么，良善的神只能……计划良善的事吗？他只赐予好的礼物？邪恶之事不能由良善的神创造？

透过卧室窗子，我看到一片阴影越过草坪，蔓延到我们的麦田里。这就是阴影，一片虚空之处，没有照到光线的空洞。邪恶即是神良善之光没有照到的空洞。邪恶是缺乏神的良善，是故意选择脱离神全然的良善，而投入照不到光的虚空之处。[2]我看着灰暗的阴影翻过山丘溜走，被阳光追赶着逃往东方。

神所造的**只有**良善。看似违背神意志的事物，莫非实际上是神用以完成他意志的途径？看似邪恶之物，也只是由于看待的角度不同而反映出的表象，就好像眼睛看待阴影。在云层之上，阳光从未停止照耀。

但是，对于死去的农场男孩、在母亲眼前被卡车轮胎碾过的小女孩、十九个月里埋葬了两个儿子的小叔，以及这世上所有的滔天罪行、所有痛苦的泪水、所有剧烈的灼伤，要以**什么**角度看待，才能看出其中的良善？阳光在麦田里和煦地波动。我靠在窗台眺望，耳边响起了回声，那是从时间洞穴传来的真理，是诺威奇的朱利安曾听见的真理：

> 要知道我是神。我在万物里面。我凡事都能做。我从不停工，也将永不停止。借着我创世的力量、智慧与爱，我将万事万物引向创世之前既定的目标。我怎么可能会犯错？[3]

**角度——我们如何看待。**

怎么可能有任何差错呢？当我看到那块墓碑上刻着妹妹的名字"艾梅(Aimee)"——"心爱之人"，我不会为了不向神表达悲痛，而宣称神与这世上的痛苦无关。撒但四处潜行，但他是一只拴了链条的狮子。而神掌管一切，我受伤时可以呼喊他，我可以哭泣，可以哀号。他拥抱所有合他心意的大卫之心，也拥抱他们的悲伤，我深知他会这么做——**他确实这么做了**。

我感觉到他的拥抱，像一个病痛的孩子困倦地依偎在父亲怀中。

我听见他轻声安慰："孩子，你的道路是否与我的道路相同？你能否吃我的吗哪，靠着这奥秘而活？你能否相信，我心怀慈爱、不知疲倦地作工，只为给全世界最好的——因为我对你们的爱永远都不会熄灭？"

我闭上了眼睛……也走进黑暗。有时候我们需要时间来适应在困境中感恩。

神或许看似不珍视我们所珍视的，我们该如何与他交流？

一片静默之中，利瓦伊熟睡着，我手握卡片思忖：也许从全局的观点来看就能看懂？那些看似邪恶的事物，是否是带来甘霖的乌云，会为**整个**世界带来更大的益处？如果生命中没有阴影掠过，谁又会懂得那些更伟大的恩典，诸如安慰、毅力、仁慈、宽恕、忍耐和勇气？我试着把卡片翻面，辨认出了写在背面的字："你们如今要知道：我，惟有我是神，在我以外并无别神。我使人死，我使人活；我损伤，我也医治。"(《申命记》32：39)我点了点头。我明白，**我都明白**。这些真理重建了我脚下的战场。

我紧握卡片，我明白一切的日子都是争战(《约伯记》14：14)，是我的灵魂与撒但的无尽交战，是为了喜乐而展开的激烈战争。撒但嘲笑这罪恶浸漫的世界里所有看来极度疯狂的事；我喘息着说出，神是良善的。撒但这个说谎者目空一切地涂抹神的荣耀；我努力以神为乐……撒但扼住我的脖子;我攥紧拳头,用真理当做武器,将那只野兽打倒在地。

我的眼睛看不清,只是视角的原因。眼睛就是身上的灯。耶稣说,"你的眼睛若了亮,全身就光明;你的眼睛若昏花,全身就黑暗。你里头的光若黑暗了,那黑暗是何等大呢!"(《马太福音》6:22—23)如果撒但使我的目光远离圣经,我的眼睛便昏花得看不见光,不会充满光明。昏花的双眼黑暗一片,黑暗的沉重使灵魂痛苦,因为虚空从来都不是真正的虚无,虚空只会充斥愈发深邃的黑暗。这就是真相。在伊甸园里,撒但嘶嘶地在夏娃耳边引诱道:"神岂是真说……?"(《创世记》3:1)

若不以圣经作眼镜,会读出神试图借由浪子所书写信息的意义?我会在尚未完成的故事上草草标注:**失败**。撒但伸出了舌头。

若不以圣经作眼镜,会解读出医生不祥诊断的意义?我只能读到撒但狡猾的解释:**欺骗**。

若不借助任何透镜来折射这世界的光线,会读出自身混乱的生活?那只会在撒但的涂鸦上再添一层:**一无是处**。

于是我遭到撒但的伏击。

没有神的话作为透镜,看到的世界就是扭曲的。

我把卡片塞进裤子后兜,戴上了眼镜。在旧梳妆台的镜子里,我瞥见自己。镜面经年累月,起了波纹和斑点,镜中的我微微变形。

～

电话响了。利瓦伊还睡着。我翻过床，冲过去抓起听筒，生怕铃声吵醒孩子。是小叔约翰打来的，他对我讲述那个门诺会男孩葬礼的细节。

“我没法想象他们家的悲痛。”我思索着那些阴影与空洞，说起这件事让我觉得心痛。利瓦伊在沙发上沉沉地睡着，安然无恙地在我身边。

“我和那孩子的叔叔聊了。”约翰语气镇定，“他们很平静。他们看着意外发生，一连串不太可能发生的事，只要有一件事不一样，结局就不会是这样了。”

利瓦伊又呻吟起来。我靠近他，把毛毯盖住他的肩头。约翰在电话另一头轻声说：“他们一家人接受了这现实。神就是这样安排的。”

我摇了摇头，甩开质疑和压在心头的负累。

在逝去男孩的家里，也有人在低语“神的恩典，神的恩典”？

**神的恩典，神的恩典。**

殡仪馆里，破碎的心有着不可动摇的信仰，他们看着前来吊唁的人，用坚定的声音说：“赏赐的是耶和华，收取的也是耶和华；耶和华的名是应当称颂的。”（《约伯记》1：21）在约翰两个儿子的葬礼上，我与约翰站在同一排长凳边。我曾转头亲眼看到，约翰与会众并立，嘹亮地唱出：“耶和华的名是应当称颂的。”两次，约翰都在儿子的灵柩前，颂唱自己一生最爱的经文。他勇敢唱出每一行经文的画面还历历在目，信心的泪水顺着他的脸颊汇入微笑。当时有一股哀伤的敬畏涌上喉咙，我哽咽着背过身去，独自沉浸在悲痛之中。我在约翰身上所见证的信仰，也是那个已故男孩家人口中的信仰，这种信仰如同椎骨支撑起圣经的章节：“凡事要奉我们主耶稣基督的名**常常**感谢父神……”（《以弗所书》5：20，着重字为作者所加）信仰让他们身体力行活出圣经真理，让他们的口在最艰难的境遇中说出感恩。

我挂上电话，站了好一会儿，静静地看着利瓦伊在睡梦中呼吸，看着眼前活生生的他。他昨晚多吃了一盘冰淇淋，还舔掉了盘子上残留的薄荷。他本可能不会有这盘冰淇淋。他昨晚睡在床上，身下有干净的床单，身旁有哥哥陪伴。**如果他没有这些会怎样？**他今天早晨醒来，走过沾满露珠的草地来到猪圈，看到电扇的扇叶缠满了蜘蛛网。**为什么是他？**他帮父亲的忙，拿起扫帚努力清扫；父亲说他肌肉壮实了，他开怀大笑。**他本可能不这么做。**

谁配得**任何**恩典？

一行白云驰过七月的天空，拽着一串灰色阴影穿越我们的田野。利瓦伊抽泣起来，把绑着绷带的手轻轻放到枕头上。我想起那段描述夜晚恩典与白天奇迹的诗：

一日逝去
今日我有眼耳双手

周遭更有瑰丽世界；
明日复始。
我何以再得一日？[4]

为什么没有人问**这个**问题？

为什么我们好事成双，甚至成三？为什么拥有日复一日的恩典？

难道仅得一天的恩典不足够？我的孩子还在身边，一想到墓园里那些母亲的丧子之痛——也包括我的母亲——我就想大喊："不够！"**是的，不够！** 我想用双拳砸开那道门，不知感恩地要求更多。为何我们不能得到无限的时日？神怎能期望我们与珍爱之人的眼耳双手道别？我们爱他们胜于爱自己。

是因为他的心在天家等待我们吗？因为如果我们不在这里道别，何时才会在那里与他相见？因为这是看待生命的透镜：在耶和华眼中，圣民之死被看作极为宝贵（《诗篇》116：15）。利瓦伊的绷带边缘渗出血痕。我把药瓶放回柜子里，从感恩日志的线圈书脊里抽出笔来。我在这本摊开在料理台的日志上持续不断地命名，即使日志上超过了一千个恩典也不停息。我缓缓写下：

利瓦伊的食指
绷带和止痛药

我们再得一日——我从未留意过的恩典奇迹。

当我意识到神并未亏欠我，而是我对他亏欠甚巨时，是不是**一切**都成了恩典？

因为他本可以不赐予。

～

黑夜褪尽，白昼来临，晦暗的曙光照向田野，我叫醒了利瓦伊。今天是我们和市立医院预约的日子，要去面对手术台和外科大夫。利瓦伊睡眼惺忪。他慢吞吞地走到后门，夹着夹板、缠着绷带的手始终举在胸前。我替他系好了鞋带。丈夫打开门，靠在门边牵着我的手，我牵起利瓦伊没受伤的那只手。我们为他的手术及康复祷告。我喃喃低语……

"主啊……"自从利瓦伊骨折以来所有的疑问再次涌现，如炽热的岩浆涌向地表，我将其遏止，丈夫厚实的手握紧了我的手。

"……一天又一天，我贪婪地从你手中获得我觉得好的东西——像讨到糖果的孩子沾沾自喜……"我的声音哽住了。一直以来我都是个盗贼，想要囤积所有的好东西。

"……一旦从你手中所得之物感觉是不好的，我就想拼命挣脱——仿佛口中的尘沙。噢，天父，**宽恕我**……难道我从你手里得福，不也受祸吗？"(《约伯记》2：10)

我以约伯的话祷告，涌动的岩浆平息下来。

如果感觉像灾祸、像口中尘沙的东西，其实只是**感觉**如此呢？如果照信仰所说，**一切**都是恩典……我认为是这样的，但我是否由衷地这样认为？

我护着利瓦伊上车，丈夫在门口亲吻我们道别。我们的车在拂晓时分蜿蜒驶去。电台里播放着总统和名人的谈话片段。车窗外，农场挤奶厅里灯火闪烁，农夫们正辛勤劳作。我关上了广播，打开 CD 听圣经，里面读到的经文是《马太福音》。村庄仍在沉睡，有零星的厨房灯光闪过。**耶稣说……耶稣回答说……从天上有声音说……**我的手指握紧了方向盘。在四下无人的灰暗乡间交叉路口，我让引擎空转着，愣了好久。这是从同一个喇叭里传出来的声音，刚才播的是高官显要的讲话。**而此刻的这些，是神的话**。

大灯灯光穿透了清晨的一片灰蓝。我用手肘轻轻推了推利瓦伊，满心敬畏地说："我们在听**神**的话呢。"喇叭里传出清晰的话语：

> 耶稣却回答说："经上记着说：'人活着，不是单靠食物，乃是靠神口里所出的一切话。'"（《马太福音》4：4）

我聆听他亲口所说的话，并靠着他的话充实生活。那条蛇口吐谎言、蜿蜒而行，它说神不给我们好东西吃，只往我们口中塞石头，留我们在旷野忍饥挨饿。它要我们向撒但学习如何将漠然的神塞入我们口中的石头取出，将它们变成食物，喂养自己饥饿的灵魂。而我在七月的这个黎明，从喇叭里亲耳听到神的儿子说，要活得丰盛只有**一条**道路，那就是

"靠神口里所出的一切话"。

耶稣便是靠神的话在沙漠存活，靠此反驳了巧舌如簧的魔鬼撒但，唯有靠此："经上记着"。也正是**神的话**将口中的石头变成了食物，以真正良善之物填补我们的虚空，**使我们的眼睛明亮**，身体充满光明。

我看了一眼时钟……利瓦伊再过三个小时就要被送进手术室了。神的话从喇叭里沙沙流淌出来。利瓦伊渐渐进入了梦乡。乡野的土地绽开外壳，与阳光交融，麦田镀上了金色。

我驶出黑暗，进入清晨的光芒。

我领悟到一个不曾发现的真理，那就是新的生命总是出自黑暗，不是吗？神从黑暗中创造出万物生命。这些田野上满是成熟的小麦，像希望的胚芽一般，从黑色土壤的摇篮里孕育而出。黑暗中，柔弱的生命得以展开。从我的体内，六个小生命出现，崭新洁净的生命。

所有新生命都诞生于黑暗的最深处。

丰盛的生命也始于黑暗的髑髅地与墓穴，进入复活日清晨的光辉。

经过十字架的黑暗，世界才重获新生。**别无他途**。

**是的**，唯有历经挣脱脐带的黑暗苦难，方能解开新的生命。

在**苦难**中才真正有可能努力生出**恩典**。

选择承受十字架的苦难，这恩典必将**战胜**苦难。

我需要透口气。

我摇下车窗深呼吸，窗外一片开满花的三叶草田传来浓烈的气息，沟渠里那些野生的黑心菊也在清晨微风中摇曳。我试图真正理性地思考。我的痛苦、我的黑暗——世上所有的痛苦和黑暗——是否有可能让人甘之如饴，成为新生的起源？

**的确**，虚空中可以诞生出丰盛的恩典，因为在虚空中，我们有机会归向神——恩典唯一的赐予者，也可以找到所有丰盛的喜乐。

那么，神改善了全世界吗？

黑暗变为光明，恶变为善，悲伤变为恩典，虚空变为丰盛。神绝不浪费——“随己意行、作万事的，照着他旨意所预定的。”（《以弗所书》1：11）

我们驶进医院停车场，在挂着肿瘤科牌子的大门对面停好了车。有一位母亲在人行道上推着轮椅，轮椅上的儿子头发掉光了，手里抓着一只毛绒老虎玩偶。我帮利瓦伊打开车门。

我戴上了透镜，祈祷能够看见。谁知道自己何时会攀上一座改变的高山呢？

～

我和利瓦伊坐在硬板凳上候诊。候诊室正在修缮，蓝绿色的墙漆斑驳剥落，房间一角盖着塑料帘子——到处都在改善。屋里净是伤患，撑在步行器上的、烧伤的、包扎着纱布的、伤口裸露的、移植过皮肤的，有些皮肤已颜色斑驳，伤痕累累。没有人讲话。大家都尽量避免对视。可是我忍不住对神说出圣女大德兰（St. Teresa of Avila）毫不避讳的哭诉："如果你是这么待你的朋友，难怪你的朋友这么少！"[5]我可以这样坦陈心声吗？

我像大卫一样哀叹：**"耶和华啊，为什么……？"**（《诗篇》10：1）为什么这个残破的世界满是失落的孔洞？**"耶和华啊，要到几时呢？"**（《诗篇》13：1）耶和华啊，要到几时才能让所有婴儿茁壮成长，所有孩童在父母爱的围绕中安睡，所有孕育的生命都充满活力，所有癌症诊所都大门紧闭，我们所有人都尽享天年？要到几时啊？那个门诺会男孩的母亲叠好了儿子所有的衣服，而我现在又坐在一间举目望去满是残缺的屋子里，我悲叹道：**求求您**。神握住我空空如也的双手，将我拉近，倾听他爱的潺潺细语。"你可能受亏损，但是在我里面，难道真会有什么失去？所有属于基督的东西不也属于你们？失去的心爱之人依旧属于神——那么不也依旧属于你们？难道千山上的牲畜不属我？万物不属我？那么在基督里所有的供应不也属于你们？孩子，只要你不失去基督，就绝不会失去任何东西。记住，**'我们进入神的国，必须经历许多艰难'**（《使徒行传》14：22），**'并且晓得和［基督］一同受苦，效法他的死'**，你会**'认识基督，晓得他复活的大能'**（《腓立比书》3：10）。"

我轻轻地点了点头。"是的，天父，你希望改变一切，无论要到几时，你都希望改变一切。"

那个满面皱纹、包扎着双腿坐在轮椅里的老人，那个被狗咬伤、脸上留下深深伤痕的女孩，这个世界所有的混乱不堪，我**明白了**——这些，所有这些，就是法国人所说的 *d'un beau affreux*，以及德国人所说的 *hübsch-hässlich*——看似丑陋的美丽，被视为丑陋的东西蜕变为美丽。用后印象派画家保罗·高更(Paul Gauguin)的话来说，*Le laid peut être beau*——丑的也可以是美的。黑暗可以孕育生命；苦难可以生出恩典。

我在大学的幼儿心理学课程学过，在新生儿面前并列展示两张人脸图片，他们会用百分之八十的时间看漂亮的那张脸。所以，若要透过丑陋看见美丽，我不需要戴上透镜吗？我需要改变自我，才能进入神的国。神子诞生在污秽的马槽里，医治了麻风病人，擘饼给叛徒，钉在十字架上受难——我们佩戴上这美丽的象征。

患了十二年血漏的污秽的女人去摸耶稣的衣裳繸子，耶稣温柔地与她说话，可曾厌弃过她？被鬼附的人目光癫狂、言语粗俗、口气难闻，耶稣可曾排斥过他？更惊人的是，全然美丽的耶稣自己不也变成一种看似丑陋的美丽吗？“他……也无美貌。”(《以赛亚书》53：2)他变为丑陋，好让我们蜕变为美丽。神在改变的高山上，不会停止他的工——他使所有的黑暗、邪恶、虚空变作光明、恩典与**丰盛**。

托马斯·阿奎纳的话我一直记在心头，他将美定义为 *id quod visum placet*——美就是令人赏心悦目的事物。[6] 如果所有变丑为美的努力能得神喜悦，那这努力就是美的。这世上有任何事物是完全丑陋的、受诅咒的吗?

利瓦伊抬头看着时钟,默默倒数计时。他的鼻梁周围遍布点点雀斑,小平头前翘着一撮乱发。他的手还在,他仍呼吸着——这个孩子得到了两个恩典。他靠着我的肩膀,扎着绷带的手放在我的腿上。我低头望着这看似丑陋却美丽的手。我看见了自己的样子。我是被截断的,我把自己的生活劈成两半,分成受恩典的时刻与受咒诅的时刻。这种切割将我从神爱的怀抱中分离。“他并不甘心使人受苦,使人忧愁”(《耶利米哀歌》3:33),他努力使悲伤化为更大的恩典。这不正是福音的关键所在吗——所有住在死荫之地的人重获新生,苦难的世界开始改变,苦难孕育了恩典,痛苦和喜乐是同一颗心脏的两条动脉,哀哭和跳舞都是乐章,共同构筑他未完成的美的交响曲。我能否相信这福音:神正耐心将我生命所有的音符化作耶稣之歌?

在这世上,在这全世界,什么是恩典?

我现在可以肯定地说:**一切都是恩典**。

我可以透过世界这片茫茫的树林看到:神永远是良善的,我永远蒙神所爱。

**神永远是良善的,我永远蒙神所爱**。

**凡事**感恩。

因为感恩是耶稣在最后的晚餐中向我们展示的改变一切的方法——接受神赐的痛苦,为此谢恩,将它转变为填补虚空的喜乐。我渐渐认识到:**这是一种艰难的练习**。这种**艰难**的训练需要走向丑陋时仍轻声谢恩,以使它变为美丽;

这种**艰难**的训练需要在每时每刻为万事万物谢恩，因为神是全然良善的；这种**艰难**的训练需要将悲伤视作恩典，因为像医生切开我儿子的手指医治他一样，神决定切开我不知感恩的心，使我得以完全。

一切都是恩典，**只因一切都会变好**。

利瓦伊用没受伤的那只手翻着膝盖上的书，而我则读着身边那些裹在石膏里的神圣文字、扭伤的骨头传达的泥金写本、拐杖蹒跚写出的镀金文本。我以圣经作透镜，全世界便化为基督的荣美，**凡事都是恩典**。手术后，利瓦伊痛苦地呻吟着，他口干舌燥，手上的纱布渗出血迹。我靠在病床的不锈钢护栏上，轻抚他的头发，用脸贴住他绯红的脸颊，轻轻问他要不要喝水。他点了点头。我把吸管放到他嘴边。

新鲜的晨光下，我们在病房里，头靠着头凑近水杯，汲取这世界的甘泉。

· 第六章 ·

# “你想要什么?”——得见神的地方

每当神的造物令你赏心悦目,别只为它们所吸引,而是要越过这些美景,将思想转向神,说:“神啊,你的造物都是如此充满美丽、欢欣与快乐,身为造物主的你,又将是何等美丽,何等欢欣快乐!”

——圣山的尼哥底母(Nicodemus of the Holy Mountain)

“你一定想看看这个的。”

他因干农活而粗糙的大手抓着我的肩膀将我拉近,我忍住了挣脱的冲动。

不是因为他,不是因为他的手,也不是因为他轻柔的声音或他看着我的眼神。而是因为我感觉被时间紧紧勒住,我奋力使眼前的时刻成为圣所,投入当下使其成圣。时候不早了,等我做完晚餐就更晚了,有八只空空的盘子等着我去装满。六个孩子吵吵闹闹、高高兴兴地围着餐桌坐下,手没洗干净,脏兮兮的脚也还没冲洗,他们互相说着傻乎乎的笑话,一边吸着鼻子,嘟嘟囔囔的。我还没准备好晚餐,没切好面包,没收拾好罗勒、牛至、西芹、胡萝卜皮、洋葱皮和番茄罐头。我还需要把奶酪磨碎撒进汤碗,还需要洗碗、扫地、帮孩子们洗澡、整理床铺、跪下来带着疲倦进行长时间的祷告。我的感恩日志放在水槽边的窗台上,被埋进了纸堆里。日志里那份写不完的清单上记载着昨天的片段文字:

被风翻动的书页
孩子渐渐停止抽泣
哼着赞美诗的男孩们
扣上安全带的喀哒声
车子行驶在砂石路上,石子啪啪地打着挡泥板
吹进卡车车窗的风
踏在小路上的哒哒马蹄声
晾衣绳上的衣物随风飘动
推婴儿车的嗒嗒声
老旧秋千摇摆时的嘎吱声
笑声

——但是今天我却一条也没有写。我知道,相机被正面朝下放在橱柜里,窗户被脏手印弄花了,我的心情很烦乱。我把水壶端去桌边,洒了几滴水在料理台上,清澈的水珠围

成一圈,当中有一颗较大的,看起来就像一只眼睛。

我注意到了这几颗水珠。

我回头凝视片刻。

然后抹掉了水珠。

孩子们的喧闹越来越热烈,我感到这不断增加的音量几乎将我钳制住,我快要屈服,快要用呵斥玷污了这片刻时间。“不管是什么,就不能晚点再看吗?”

丈夫仍温柔地握住我的肩头,对着我笑。他用微笑面对我纷乱的焦虑,双手顺着我的手臂落下,带着莽撞的爱意,用粗粗的手指和我十指相扣。“来吧。”

“现在?”难道他看不到、听不到、**感觉**不到孩子们的喧嚷吗?

他傻傻地笑着,像个藏不住秘密的大男孩。

他把我带到只有两步之遥的窗台边。我愣在窗前,美妙的月色令我目瞪口呆。

他的细语掠过我耳边的卷发:“我刚才看到,就知道你一定也想看看的。”

岂止想看?这光景怕是谁都要屏息欣赏。我瞠目结舌,激动不已。我转头与他对视,拼凑着语言:“你来准备晚饭?这样我就可以……”我就可以做什么?我到底想要做什么呢?

“……这样我就可以出去看了?”

他睁大了眼睛朝我笑着。我不在乎他笑我。他早已习惯我这样,他曾许下誓言要娶的女人就是一个不断探求、寻索、追求的人。不,其实他许下诺言时面对的还不是这个女人。我是逐渐变成这样的人的。感恩正让我履行对神的誓言。我感到饥饿,窗外的美景盛宴让我兴奋。说真的,谁有机会触碰到月亮呢? 而今晚,月亮如此之近,我或许可以触碰到她。

丈夫咧嘴一笑,点头示意我出门去。我放松地舒了一口气,赶忙从橱柜架子上取下相机,连柜门都忘了关。我从后门跑了出去,穿过屋后的草坪,围裙还系在身上。

我飞一般地跑出去。我觉得自己有点傻乎乎的,一如那个给奶酪拍照的女人。但我又觉得回到了四岁那年艾梅下葬后的春天。我的弟弟约翰年纪只比我小十二个月又十三天。黄昏时分,我们两个从田野的一头跑到另一头,想要去触摸地平线上燃烧的余晖。我还记得燕子纷纷俯冲捕食,似火的日光里密布它们爱吃的虫子。母亲坐在田埂边摇晃着怀里才五个月大的妹妹,看着我和约翰奔跑,脸上带着宽容、充满希望的微笑。父亲在田里开着拖拉机耕地。我们不停地跑啊跑。

如今我年纪大了,为什么今晚还在追逐月亮? 多年来我已经懂得,无论怎么跑,永远都不可能跑到大地尽头伸手触碰奇景。我为此伤心过。保守的门诺会邻居是否正透过他们的厨房窗户往外看,看到我这个农夫的妻子在麦茬地里飞奔? 还好我穿着鞋子。我的孩子们是不是也把鼻子贴在窗户上,看着我奔跑?

月亮环绕着我们,在地球身边行走的皎洁星球。她宛如一颗珍珠嵌在夜色渐深的天空，用引力牵引着我，将我串起悬挂于宇宙间。

假如我跑到田野的尽头、地球的边缘，能不能轻抚她光润的轮廓，亲吻她洁白无瑕的皮肤？

我不禁莞尔，我**依旧是**个孩子啊。

她是一轮渴慕的收获之月，摇曳在金色的田野之上，孕育着圆满的荣耀，缓缓升起。我抓紧围裙，加紧脚步在麦茬地里穿行。面纱揭开后，我将看到谁的荣耀？这就是孩子所追寻的答案吗？

为了目睹荣耀，我才在晚餐时间逃避身为母亲的责任？我在家里、在此时此地，**仍然**无法看到荣耀？为了这追求，我放缓生活，试图再寻觅一千个恩赐，寻觅时间里的圣所，探索从最黑暗的虚空中诞生的丰盛的生命，收集所有感恩的奇迹。是的，**那个**孩子一般的女人也许是这样追寻的。她的生活打着转，发现入口，进入，遗忘与遗失，再次找到出路。这样的生活层层深入——深入一层，转个圈，又深入一层。我懂得感恩与奇迹的关系，却并非时刻清醒。我是旷野飘泊的以色列人，虽曾见过火焰冲天、火柱、全山冒烟、地开口坍塌，但仍会忘记。我的灵魂被慢性失忆所困扰。我遗失了真理，需要再次被充填。我需要每天重复俯拾记忆——谁能一次就收集起吗哪，一次就将心灵的食物永久囤积？

一行野雁先于我摘月，黑色的剪影划过天际。我跑得更努力了。这群大雁仿佛将月亮托起，映在降临的夜幕里，凄清的啼鸣预告着秋天将至。它们穿透月亮，也直刺我心。在我们的麦田与外界相隔的围栏边,我喘着气倒在地上。月亮乘着大雁的羽翼徐徐上升。

我属于土地,它们属于天空。我只是来见证这一幕。

**这是我来到这里的原因吗?**

这一片萧瑟之美压在我胸膛,炽热的情绪熊熊燃烧。

我曾读到过一个词,并且还写下,希望能将它牢记:圣经里常出现、用以形容神的荣耀的希伯来词语——*kabod*,它由意指“重量”(heaviness)的根词派生而来。

黄昏、苍穹、田野、满月,一切丰盈,满载沉甸甸的荣耀。我深吸了一口气:世界充满了他的荣耀。天空、大地与海洋,皆因神而沉重饱满——为何我总是忘记此事?是啊,我和雅各并无不同。雅各在满月升起前醒来,“雅各睡醒了,说:‘耶和华真在这里!我竟不知道!’就惧怕,说:‘这地方何等可畏!这不是别的,乃是神的殿,也是天的门。’”(《创世记》28:16—17)这一刻,这个地方,正是天的门。神的荣耀如甘霖滋润,沉沉覆盖世界的穹顶。他的恩典打开天空的画布,一点一滴流入世界,流入我心。处处是窗,处处是门,只是我不知道。不,我**已经**知道,却将其忘记,现在又再次记起。

神的荣耀的重量并不虚无缥缈,也不会转瞬即逝,而是每日每处都存在。荣耀穿破天顶,从点点孔洞降落。我跪在麦田里,沐浴着月光。

我打着转,偏离正途,一再遗忘。在世界尽头,耶稣俯身向再次迷失的我提问。他柔声说出曾经问那个瞎子的话:

“你要我为你作什么？”(《路加福音》18：41)

我为什么奔跑？

我是一个母亲、一个妻子，有孩子和家人。我是天父的孩子，即便在困境中也心怀感恩而活。天父望着月光下的我，他的目光穿透我自己心中的遮蔽，他的气息温暖落下。他**知道**我想要什么、需要什么。他呼唤我，是不是想叫我探究自己的灵魂？**你想要什么？**

这个问题，我们不是都需要一次又一次绕回来问自己吗？有谁知道答案呢？

在任何答案、任何一层答案措辞成形之前，我先在心里感受这个问题。(所有真实的答案不都是经过层层理解，逐步成形的吗？)我的身体了解这种感觉，肩上的压力流失了，心上的结解开了。我放松下来，长长地吐气，舒缓心情。月光倾泻流淌，我的微笑随之绽放。**你想要什么？**我为什么奔跑？整整一个夏天，我定期带利瓦伊进城去医院复诊，预约理疗师，每天还要帮他做手指弯曲训练，让僵硬伤疤组织下面扭曲的关节得到运动。人的一生，也都要做相似的训练。由于堕落而留下的坚硬疤痕，需要靠努力来消除。整整一个夏天的痛苦，我们一直在奔跑；整整一个夏天的恩典，我们也一直有新的发现。痛苦无处不在，然而哪里有痛苦，那里就会有恩典。是的，耶稣啊，我在奋斗，虽然兜兜转转，但我知道——至少在一定程度上知道自己想要什么。假如未曾奔跑过，假如未曾跌倒过，我不确定自己能否有现在这般清晰的认识。我或许不知道它全部的意义，但这**就是**我想要的。

这载满荣耀的国,这无价的珍珠,我愿付出一切来拥有的这片田野。这颗珍珠用悸动的快乐将我灌溉,它有锯齿状的边缘,深深敞开,以迎接更多荣耀。

在死之前,我们唯一非去不可的地方,就是得见神的地方。

这是我所渴求的:更多神的荣耀。

我和那个讨饭的瞎子一样低声说道:“**主啊,我要能看见!**”(《**路加福音**》18:41)

我反复悲叹道:“**看见**。**看见**。”

～

相机。

我从围裙口袋里掏出相机。掌中的这台傻瓜相机,它的传感器会怎样捕捉双眼所见与灵魂记忆?我低低地跪坐在麦茬地边,将镜头对准了月亮。我想要看见美,在丑陋、污秽和苦难里,在日常生活里,在我死前的岁月里,在我安眠前的时时刻刻。美,不就是我们在死去之前渴望热烈感受的东西吗?还有什么能像它一样灼热,迸发出熊熊火焰?美是一切荣耀之物,神象征着美,彰显着荣耀。这便是我所追求的:我渴求美。因此我才必须不断搜寻吗?因此当我停止对美的搜寻时,才感到饥饿,日渐衰弱?

我笑了——我不是一直在奔跑,在追寻吗?我对于美的感受,一定是 C. S. 路易斯所用那个德语词 *Sehnsucht*——热望(*sehnen*)成瘾(*sucht*)。我奔跑是因为对美热望成瘾。一个女人放下厨房,穿着围裙跑出来,只为一睹月亮芳容。是不是寻不到美的时候,我的灵魂就变得愤懑、阴郁而疯狂?很奇怪,在追逐月亮之前,我不曾注意到自己对美如此渴盼。今天的我为了那些碗盘和灰尘,还有孩子们乱丢的东西而心烦意乱。但是昨天我还列举、数算着恩典时刻。我想,那是因为昨天我感受到了灵魂的滋养。是这样吗?就像一种瘾,一种无法停止寻找的冲动,我是否想要不断看见**更多**的美——**更多**神的荣耀?因为这是我受造的目的——将更多荣耀归给神,更多更多地感恩。不只昨日如此,今日也当同样如此——**每天吃吗哪,否则我将挨饿**。

我全神贯注地凝望月亮,神的荣耀沉沉累积。我双膝跪地,想知道一颗高悬空中的石头如何散发出缥缈的光。这种美并非自然,并非源于自然。这种美不只有形体和颜色,还有神赋予的"闪耀的镶边"。[①] 美是无尽的呼唤,所以我们看见,我们抵达。我们可以怀疑哲学,怀疑预言,怀疑法利赛人(尤其是我们自己在镜中看到的法利赛人),然而有谁能怀疑美?美无需证明,无需解释;它本然存在,超越世俗。看见美,我们即便难以言喻,但已心领神会:美的背后、美的里面有神。神本身充满了美。

**我还活着!**

对焦,按下快门,拍下一张又一张照片。

我是个试图捕捉美的猎人。然而捕获的所有画面都不够近、不够宽、也不够明亮。我坐在这里感受到的是什么?

这股炽热的感觉源源不断地流遍了全身。我**必须**追寻神之美。在我体内流淌的感觉不正通向这种追寻吗？我必须找到那配受敬拜的。活着的每一刻，我都躬身向着什么而活。如果无以得见神，我将向其他事物屈膝敬拜。

我是为了敬拜才追逐月亮吗？不是为了敬拜月亮，而是为了敬拜真正的美，敬拜美的本质，敬拜造物主。神存在于每时每刻，但我不会崇拜松林里的风、铁杉上的雪、麦茬地上的月光。视自然世界为神的泛神论，与在万物中看到神的存在，两者是截然不同的。黄昏静谧，双膝跪地的我知道：自然不是神，而神透过自然的镜子彰显他的重量和无比荣耀。我曾经回答过儿子的提问，我告诉他**神学**由**神**和**学**组成，神学就是研究神的学问。我时常翻阅家中高大书架上摆放的多本语词索引，这不也是在钻研神的学问吗？在钻研农场上的神的启示吗？

我多想看到荣耀的重量压断我厚厚的鳞片，打破绝对唯物主义的枷锁，劈开压抑欢乐的麻木外壳，敲碎冻结心灵的冰霜。我想要看见神，他创造皮肤给我保护，没有任我必死之身凋萎；我想要看见神，在医院、墓地、收容所与难民营，在滋润向日葵的雨中、与草地相连的星空、碧波粼粼的上游、流向下游的污水，到处都有他的恩典。到处都是恩典，我想要处处看见恩典，想要记住自己看见恩典的愿望有多么强烈。

在写到这里时，我怎会忘记这愿望有多强烈呢？

我想要躬身，郑重敬拜。

万籁俱寂。

我面前有一支孤单的麦秆垂下头来。洁白的满月是映在它背后的绝美幕布,饱含绮丽。

我伸出手,用手指摩挲光滑修长的麦秆。我看到了感恩的方式。一株低垂着头的小麦,被风瑟瑟刮过、掀起一阵荣耀的枯草,心怀敬畏、寂静无声的银白槭树叶,从它们身上,我学会了如何说**谢谢你**。我专心致志称颂神,高举起一只手,又举起另一只,低下头,身体伏地。“真正圣洁的生命,扎根在敬畏神、尊崇神的土壤里,不会在别处生长。”巴刻(J. I. Packer)这样写道。[2]我像小麦一样躬身,像草叶一样兴起,深植、扎根于当下。万有都是本于他,倚靠他,归于他,荣耀全是他的,凡有气息的都要赞美他。我一次又一次记起,一次又一次默念:

“感恩,感恩,感恩。”

他的脸不就是万有的脸?他是无边无量的,他的脸没有下颌,没有眼窝,处处都有他的眼睛。月亮的脸、母鹿的脸、流浪者的脸、苦痛的脸……他的面容渗透世间万物,他的脸是无限的,“翱翔千百场合间”。[3]

所有的美只是倒影。

无论我有没有意识到,任何令人为之惊叹的造物都闪现他的脸,我屈膝跪拜。我的双眼能否看见他,而不只是看见造物的表象?撒但外表美丽,披着闪亮的鳞片而来,他诱惑第一个女人,那女人受骗了。美丽的伪装褪去后,可能是危险之境。的确,真正的美要求我们双膝跪地,全心**顺服**。泛神论者的神是被动的神,而无所不在的神是美的本质,他需要我们的敬拜、热情和牺牲,因为他拥有一切。我的双眼能否在万有中看见他的脸,而不仅仅被眼花缭乱、华而不实之物魅惑?表象终究会破碎剥落,我能否竭力探视本质并俯伏敬拜?

~

我慢慢起身,仰头望着愈发暗沉的深蓝色天空,那颗巨大的珍珠镶嵌其间;我静静地躺下,躺了很久。八月已远去。有一只麻雀低低飞过,令我惊喜。月亮如此皎洁。我可以永远躺在这里,呢喃说出称颂神的荣耀的唯一语言:感恩。这一切……感觉太不真实了。我从未这样跑出来过,从未这样俯伏在地。为什么我会在这片傍晚的田野里,躺在月光之下?感恩是否让我的眼睛更亮了,心灵更深邃了?奇怪的是,感恩是否也会让人渴望更多——并非渴望得到更多东西,而是渴望探寻赐给我们更多荣耀的神?

观看就是爱。观看是相信的证据。月亮悬挂得更高了。我想起几周前才读过的经文。当时我和利瓦伊坐在候诊室里,医院的修缮工程正缓慢进行,相较病人们的复原速度也只稍快一点点。(改善也许是一场旷日持久的奇迹。)利瓦伊眼望窗外做着他的梦,耳畔有绑着绷带的伤患在讲述车祸或工伤的经历。而我拿着我的圣经,读到以色列人在旷野四望,心中满是悲伤,满是埋怨:“就怨讟神和摩西,说:‘你们为什么把我们从埃及领出来,使我们死在旷野呢?这里没有粮，没有水，我们的心厌恶这淡薄的食物。'"（《民数记》21：5）我四望这些等候的伤患，然后又翻回这一页。神给了这些忘恩负义的人什么？伊甸园里，忘恩负义的人发生了什么？火蛇铺天盖地滑行，盘绕那些埋怨的以色列人，用毒牙撕咬他们。忘恩负义永远会使毒液漫流。该如何治疗不知感恩者身上的咬伤？

解药就在眼睛里。

耶和华对摩西说："你制造一条火蛇，挂在杆子上，凡被咬的，**一望**这蛇，就必得活。"摩西便制造一条铜蛇，挂在杆子上，凡被蛇咬的，**一望**这铜蛇，就活了。（《民数记》21：8—9，着重字为作者所加）

我们如何看，决定了我们是否拥有喜乐。看见荣耀，并且蒙神保守。

我们如何看，决定了我们如何生活……也决定了我们是否真的活着。

医生叫了候诊室里一位伤患的名字。有一位父亲扶儿子站起身来，这男孩吃力地倚靠着父亲。

我读过耶稣的话："摩西在旷野怎样举蛇，人子也必照样被举起来，叫一切信他的都得永生。"（《约翰福音》3：14—15）我抬起头来，目光从圣经挪到一个男孩的脸上，他的一只耳朵包着绷带。我不愿去想在他身上发生过什么。我试图理解那段经文：耶稣是不是说，人需要看见并相信——看和信是同一回事?是不是通过正确的内在观看,我们才能获得正确的外在生活——**得救的丰盛的**生命?我读过这段话却忘记了(我总是如此)!而现在,在月光下出神的我又想起它来,“信心是灵魂对救主的凝视。”④

**信心就在灵魂的凝视中**。信心就是灵魂的眼睛注视救主,注视残缺身体的救主,注视收获月的救主。耳边传来的声音是夏天最后一只蟋蟀孤单的弹奏声吗?月球的光晕弥漫农场上空。信心是明亮的眼,穿透阻隔天堂的迷雾;它放缓速度,见证那无声的重量,感受耶稣掌心钉痕里那沉沉的金色荣耀,而不顾外在表象。看见就是灵命。“……恐怕眼睛看见,耳朵听见,心里明白,回转过来,便得医治。”(《以赛亚书》6:9—10)“首先是看,”路易斯在《天渊之别》里写道。⑤首先,是眼睛。最重要的,永远是心灵之眼。

两只蟋蟀此刻正在齐声和鸣。那个回来谢恩的麻风病人,耶稣将他**感恩**的信心视作**得救的信心**。而且,信心不是过往的一次行为,信心永远是一种**看见**的方式,是在万有中探寻神。如果眼睛凝视够久,见到神在事物中显现,我们的口又怎能不说出感恩?真正得救的人拥有信心的眼和感恩的嘴。**信心就在灵魂的凝视中**。

是他的爱吸引我来到这里,好真正地拯救我吗?

我在麦茬地里坐起身来,心力交瘁。他愿意拯救。月亮熠熠生辉。我们面对着面,我毫无掩饰,他也一样。无所不在的眼看到了我。明月光辉饱满,像一颗橄榄石升上天际,洋溢着主的荣耀。我想要成为基路伯,长满眼睛回望,想要像基路伯那样,“全身,连背带手和翅膀,并轮周围都满了眼睛。”(《以西结书》10：12)像摩西那样,“恒心忍耐,如同看见那不能看见的主。”(《希伯来书》11：27)**这便是让我们持守忍耐度过人生的道路：看见那不能看见的主**！伴着夏天最后的蟋蟀鸣声,我祷告:“主啊,请打开我心灵之眼、手中的眼睛、嘴上的眼睛和脚下的眼睛。我渴望长满眼睛而活。”

大豆地里吹过一阵风,枯叶发出沉闷的沙沙声。银白槭树叶喃喃地说着“秋天来了,秋天来了”。我感觉自己暴露无遗。我能长满眼睛,凝视神而活吗?

我必须如耶稣所说的那样相信,我也记得,“你不能看见我的面,因为人见我的面不能存活。”(《出埃及记》33：20)而有些日子我在阴影中了解:“你实在是自隐的神。”(《以赛亚书》45：15)(或许隐藏起来的是我自己?)还有些日子,像雅各一样,我知道这是唯一从黑暗中被解救的方式:“雅各便给那地方起名叫毗努伊勒(就是‘神之面’的意思),意思说:‘我面对面见了神,我的性命仍得保全。’”(《创世记》32：30)但不论何时我都在想：被油污蒙了心的骄傲之人能否看见神?

我沐浴在月光下,低头看着脏兮兮的围裙。我竟认为自己可以站在这里,可以无畏面对这种美?这不是空洞细弱之美,而是如火焰般壮丽的美,它焚尽一切厚重伪装,炼出裸裎的灵魂。赤裸的我感到十分羞惭,我知道自己有多野蛮冷酷。我为孩子们做错的一点小事大发雷霆,而我才是那个用罪恶的愤怒玷污了当下的人。世上有人因饥饿死去,而我还在囤积财物。以虚有其表的琐事为乐,每周低头虔诚祷告的时间却不超过五分钟。我言语尖刻,目中无人,妄自尊大,粗野浅陋。我活得污秽丑陋,拜偶像,贪心,只盗取恩典,却没有时间感谢。

我用手指卷起脏污的围裙褶边。我无法抬起双眼。我们一家人吃完饭围坐桌边,各自打开圣经,齐声朗读经文:**"清心的人有福了,因为他们必得见神。"**(《马太福音》5:8)我跑来这里做什么呢?我像是"污秽的衣服",我得以看见吗?我只有一样洁净的东西可以穿上,它由耶稣所造——心灵披戴耶稣的洁净,他的圣洁能消除灵魂的眼疾。在周遭世界看见神显现的唯一方法,就是借着心里的耶稣之眼。心里的神才能看见外界的神。神既是看的对象,也是真正看见的主体,是心灵之眼戴上圣经的透镜。坐在神的舞台下,看他的荣耀划破黑暗,打开我的心灵之眼,发现他的恩典之泉——数以千计的恩典——我必然向耶稣愈来愈多地开放内心。除了耶稣,还有谁能打开我的双眼?他揭开至圣所的幔子,让我看唯一能看见的。前我失丧,今被寻回,我在南飞的鸟群前轻声吟唱:"求我心中王,成为我异象……"

天上的那颗珍珠光泽满盈,我睁大眼睛看着世界。奇妙的是,这喜乐竟使我痛苦。在烧灼的疼痛里出现了一种意料之外的感觉,我感觉巨大的月亮缓缓缩小,而心里的神逐渐变大,使我的内在拓宽、加深。这是喜乐使人疼痛的原因——神开拓我们的内在,使我们越来越接受他?

我疼痛地凝视着一草一叶,所有造物都褪色消逝,唯有造物主的面容发光并彰显。我的目光穿过苍穹看到他,在此之下的万物都显出本来面目：它们只是指向万有之主的有限的受造物。那一轮上升的满月令我心驰神往。这是我得以看见的地方。

神一直在这里。

～

在满月之下充满我的喜乐，也是始终充满神的喜乐。我跑来看见的，是源源不绝来自神的荣耀之泉，将我所有抽痛的虚空浸满。繁星的裙裾在黑暗太空盘旋，瀑布从悬崖奔流直下，脱缰之马鬃毛飞舞，寂静森林的阴影处有蘑菇斜斜寡居……神看到了这一切。这是来自他无尽的经验，因为他是自有永有的神，他即是川流不息的美。我所见的月色奇景，不过是惊鸿一瞥，预尝了神永恒所见、所经验的光景。他不是暴君，也不专制。我在月光下笑了起来。

神是最喜乐的存在。

**喜乐就是属神的生命。**

我不是向往这样的生命吗？

我从家里跑出来就是为了回应神的邀请，在神的里面同享喜乐。我又变成了孩子，今夜我跑到地平线的尽头，这一次我触及到了他。我转动着裙裾，褶边扫过低着头的小草，我**快乐地**笑着。天亮了，我的满月升起——前我失丧，今被寻回，耶稣啊，我已知道自己想要什么：我想要深刻地看见，深沉地感谢，深切地感受喜乐。我的眼睛如何看、我的视角，是进入神之门的钥匙。只有心怀感恩才能进入他的门。如果我的心灵之眼透过万物看见神,我怎能不为一切感恩?无论好事、难事、万事万物,若能为它们感恩,我就可以进入荣耀之门。活在他里面是满足的喜乐——看见,便能找到通往入口的路。

掌握洞察的艺术才可能带来感恩,而掌握感恩的艺术才可能带来喜乐。喜乐不正是神的艺术?

使徒约翰的徒孙爱任纽所言不虚:“神的荣耀是——人活出**丰盛**的生命,并**仰望神**。”[6](着重字为作者所加)他唤我穿越田野,想必正是出于这个原因。我活得丰盛,在丰盛的生命中仰望神,不就是将最多荣耀归给神吗?

我快乐地旋转,而后目不转睛地望着明亮的天际,得以瞥见神的无限。我的诸多愿望不也如此无限延伸?愿望是无边无际的,它支撑所有的生活、所有的呼吸,我旋转着。我们无限的愿望在无限的神里面得到实现。

我停止了旋转。小草低垂的头也静止下来。我看见我们家的小山上一排灯火闪烁。我应该回去洗碗盘,孩子们还需要洗澡、讲故事和祷告。但我真的不希望这月色结束。所有的愿望浸没在神里面。我想要无尽地看见神。我渴望与美融合,将它吸收,感受它在皮肤上的重量。我渴望叩开宇宙的大门,和诗人一起捶打神的胸膛:“有一件事,我曾求耶和华,我仍要寻求:就是一生一世……瞻仰他的荣美,在他的殿里求问。”(《诗篇》27:4)信心是灵魂的凝视,我想要**向内观看**,所以我让自己进入,**走进神的里面**。在追逐月亮之后过了很久，我读到C. S. 路易斯的文字，惊异于自己与他的共鸣：

你或许会问，我们还想要什么？啊，我们想要的还有很多——美学方面的书籍鲜少提及的东西。但诗人与神话全然知晓。神知道，我们想要的不仅仅是看见美，尽管那已充足有余。我们还想要一些无以名状的东西——与所见的美结合，走进它，接纳它，沉浸其中，成为它的一部分。[7]

**的确。**

对美的渴望是不是最为快乐的所在？渴望凝视主的荣美、渴望寻找他，这是所有喜乐的泉源。无论美如何显现，它都是浪漫的火花。我们是被爱人追求的"新娘"，无论我们是否知情，他都在超越时间的永恒的浪漫中向我们求爱。我渴望合一。感恩能让我进入合一吗？我在追求，他也在追求，我怎能知道这旅途通往何方？

月亮攀升，散发着柔光悄悄移徙，像一颗微微发亮的石头滑行在夜空无形的薄纱上。我身后愈来愈沉的暮色中传来孩子们的呼唤声，他们奔跑着穿过田野。"母亲？母亲！"他们找到了我，笑我追逐月亮，我也笑自己竟这么做。我欢快地笑着，感觉如此适意。

"你捉住它了吗？"女儿霍普问道。她屏住呼吸，灿烂地笑着。

"没有，连边都没有碰到。"我满心憧憬地仰望天空，"但是我找到了想要的。"……我找到了神希望我知道的。

**无所不在的眼睛。**

山丘朦胧变暗了。我和孩子们走上最后一座山头,灼灼西沉的夕阳留下了我们的影子。孩子们说着,笑着,喊叫着。我很快乐。我微笑着将一只手插进口袋,傍晚凉爽的空气也窜了进来。我不是汀克溪的朝圣者,也不是瓦尔登湖的隐居者,我不能一直活在月光里,不是吗?我与那些残缺的身体共存于世。神不正唤醒我去体会随处可见的美吗?因为美是心灵之眼的视角。我在田地里走着,麦茬刮擦着我的双腿,像是一只手拨弄着我脏兮兮的围裙边。我正走回家去。我抬起头,想再看一眼月亮,不愿与她分离。我所在的世界嘈杂纷乱,堵塞的厕所、超速的罚单、在后门台阶上呕吐的小狗、忘东忘西的我,六个孩子依赖我,他们要带、要养、要教,我饱受挫折,灵魂岌岌可危。我到底有多少时间可以用来探索如何活得充满恩典、充满喜乐——在六个漂亮的孩子羽翼丰满之前,在我抚育儿女的日子悄然合上之前?我该如何张开双眼,懂得接受日常家务琐事的旋涡,将它转化成时间圣所的穹顶?我能回归生活,睁大双眼祷告吗?

睁大双眼祷告是不住祷告的唯一方法。

如果我进一步解开感恩的意义,会找到更多答案吗?神的爱邀请我来到答案的这一步,他还会继续引我到别的地方吗?我转动裙裾,微笑起来——神是最快乐的。他会为我指路吗?孩子们在前头跑着,说笑声长长划过降临的夜幕。

我缓缓走过田野,看着孩子们的剪影飞驰,我的脑中又开始细数恩典：

黄昏时的笑声
门廊的灯光
最后一声鹅鸣

我可以因黑暗而盲目，也可以因光芒而目眩。荣耀的光芒会使我长满眼睛，也令我目眩。

家中的窗户灯火通明。

· 第七章 ·

# 对着镜子观看

对于那些懂得如何观看的人而言，世上的一切都是神圣的。

——德日进（Pierre Teilhard de Chardin）

厨房门廊边的花园里，尚未凋零的那些向日葵高高矗立着。现在是清晨，时间尚早。花园的木栅栏门开着。我拿着剪刀，期望剪一两束水灵的花朵。家里的花瓶在料理台上排成一排，空空如也，敞开着等待以美丽填充。所以我去寻找，一直在寻找。

高处树叶间有黄色翅膀的雀鸟飞过。地上的泥土仿佛被昨晚的梦境打湿。我踮起脚尖，伸手去剪最高的那朵向日葵并顺利剪下。几支稍矮的向日葵低着头，才开花不久。我走在高大的花丛中采集着花，双臂沾满了夏日的晨露。

回到家，我修剪花茎，去掉了下面的叶子，将花插进空瓶子，稍作整理。我把装着这些金色花朵的瓶子摆放好，一只摆在窗边的小茶几上，一只摆在壁炉架的一端。这个手工雕凿的壁炉架是用旧猪圈的木头做的，在我小时候，校车每天都会经过那个猪圈。我把美丽带回了家中。我捧着最后一只花瓶来到桌边，将这束花放在星星风车图案的棉桌布中央，这块长桌布是母亲送给我的生日礼物，是她在夏天剪下旧男士衬衫的棉布缝制的，已经褪了色。我俯身拨弄花瓣。

我注视向日葵大大的花盘，像一个母亲端详孩子的脸。

儿子们从猪圈回来了。

我为他们分好了面包。他们互相开着玩笑，一言不合便打闹起来。我搅拌着橘子汁，沉住气，叫他们要友爱。我把美丽带回了家中，为何现在要打破花瓶呢？大儿子自顾自地烤面包。我在阳光下摆好了盘子。儿子往面包片上涂花生酱，但只涂了他自己的那一份。这一幕我看在眼里。

“儿子，弟弟的呢？你能帮他的也涂上吗？”他伸手去拿花生酱，狠狠瞪了我一眼。一大早，这就令我怒火中烧。

我怎能又跌进阴霾，和儿子争吵呢？

“**拜托了**，你可以递一片面包给弟弟吗？”

“可以啊。”他语带讽刺。我站在桌边，努力稳定情绪。

然而，他接下来做的事让我气不打一处来，再也无法压抑怒火。

他把一片面包甩到了弟弟的脸上。

“干嘛把面包扔到弟弟脸上？”

弟弟气得满脸通红，我也被这冷不防的举动吓了一跳。虽然扔的是面包，但这难道不是他心里的恶意吗？我目瞪口呆，吃惊地摇着头。这个我生下、养大、用心抚育的孩子，在一个星期二早晨变了，这撕裂了我的心。**我到底是哪里做错了？**

如果满屋都是乌烟瘴气，谁又会在意带回来的美丽呢？扔面包看似小事，但又并非如此简单，我无法置之不理，因为这是亵渎，玷污了照神形象所造的人。我双手拍了一下桌子，甚至有冲动去抓他的脖子。我能把气得通红的眼睛换成神圣的仰望吗？

"为什么？"我对儿子的愤怒几乎可以震碎那些花瓶。

他却自鸣得意地笑着。

"**为什么**要扔他？"我已被气得七窍生烟。

稻草可能是各种形态的，骆驼能承载的重量是有限的。他扔面包一定有原因，我应当找出事情背后的原因，但在当下，我根本不在乎。此刻恰恰是我自己模糊了神的脸面。自己都看不见的时候，又如何帮助儿子看见？为人父母必须首先自我管教、自我布道，才能教育孩子。自己不保有平安，又怎能带来平安？父母活出基督的样式，子女才可能活出基督的样式——然而我要如何承认，依照神的形象所造的人竟也会使我盲目、看不见神，使我的灵魂变形，扭曲了面孔？当为了美而奋斗时，为何却蒙上了自己的双眼？痛苦会使我们心神错乱。

我的确心神错乱了。我想要强迫自己理智些，但又怒火攻心,眼看着两个儿子怒目横眉地互相攻击。**为什么会这样?** 我可不可以回到那片月光下,回到宏大的荣耀里? 大风、树林和苍穹唤醒了我,我成了山上的彼得,清醒后看见耶稣变像的荣光,结结巴巴地说: 我们在这里真好,可以在此搭棚,永不离开(《路加福音》9: 28—36)。然而上山总有下山时,总要重见人群,面对抱怨和诅咒。迅速而明显的变像会振奋信心,但有信心的人也会遗忘变像的神迹,遗忘曾变了样貌的面容。我们背叛了我们所知的神。彼得不也是如此吗?

带六个孩子,照顾一座农场,养六百头母猪和八百头小猪,终日无休,在这忙得晕头转向的生活里,要如何敛心默祷? 我垂下头来。一个儿子握紧拳头捶着盘子,另一个则若无其事地涂着面包。**我该怎么处理这件事**? 该怎么帮助**他们**,帮助**我自己**? 一片混乱之中,耶稣低声问道:"你想要什么?"身处丑恶之中的我大喊:"我想要**看见**——在这些脸面中看见你。"他语气轻柔:"你们当寻求我的面。"我想同大卫一起回答:"我心向你说:'耶和华啊,你的面我正要寻求。'"(《诗篇》27: 8)我迫切地想抓住谁问问,使劲摇晃着他问:"**在这团混乱里,我怎样拥有圣洁的视野?** 在这罪孽深重的地方,我怎样才能看见恩典,献上感谢,找到喜乐?"

月亮和野雁飞远了,它们纯洁而天真,我的灵魂却已经扭曲。

大儿子用力把盘子推回弟弟面前。神想要将我脑中那段高萨德(Jean-Pierre de Caussade)的话温柔地送进我流血的内心：

所谓挫折、突变、毫无意义的骚乱以及消磨人心的烦恼，如果你知道这些经历的真相，定会感到十分惭愧。你将意识到抱怨这些事无异于亵渎——尽管你从未有过这念头。没有什么事是不经神的旨意就发生在你身上的。但蒙慈爱的[神的]儿女却出言咒骂，只因不了解这些事真正的意义。①

亵渎。

我拖出桌边的椅子，瘫坐下来。向日葵的花冠垂得低低的。大儿子在桌子另一头故意大声地嚼着面包。是什么迫使我把这样的时刻命名为"突变与烦恼"，而非"恩典与礼物"？为什么夺去自己喜乐的氧气？答案迅速而残酷地出现，令我惊愕。**因为你相信地狱的力量**。

果真如此吗？我把头靠在桌子上沉思。我是不是真的窒息了自己的喜乐，因为相信愤怒比爱更有作用？在日常生活里，撒但的方法比耶稣的方法更有力、更实际、更有效吗？不然我为什么要生气？不就是因为我觉得抱怨、恼怒和愤懑会激励我进入真正想要的丰盛生命吗？当我选择——这正是一种选择——用怨恨压碎喜乐，不就坚决地选择了黑暗之王的道路吗？选择魔鬼撒但的愤怒之道，不就是因为我认为它比感恩更有效、更便利？

亵渎。

**亵渎**。

我把手指伸进头发里来回抓着。谁才是这个周二早餐桌上真正的罪人？谁用臭气玷污了圣殿？

不去感受圣灵，感官便会受损。有没有人能告诉我，我该如何撑开噙满泪水的眼睛，透过表象看清本质？

～

如果丛林里有狼，便期望看到狼；如果这里有神存在，**便期望看到神**。

我可以如此鲁莽吗？期望在这些脸面中看到神，而我自己却抱怨、亵渎，不接受此刻的神圣？

“你知不知道他先怎么对我的？”大儿子站了起来，双手狠狠插进口袋，对我怒目而视。他盘子里的那叠面包已经凉了。

我应该要了解情况的，我想努力控制自己，但是我很累，太疲倦了。我躲避开。**看见，我必须设法看见，设法感受**。

耶稣又是怎么做的呢？他抬起眼睛，“望着天祝福，擘开饼，递给门徒……”(《马太福音》14：19)他望着天，看见这一刻源自何处。首先总是眼睛、是专注。我不能离开人群爬上山顶，不能离开污迹斑斑的生活走到瓦尔登湖畔——但总还有可能看见异象。我记得：默想的单纯性并不受环境控制，其关键在于专注。

两个儿子一个生气地摇着头背过身去，望着窗外的世界；另一个赌气地又吃了一片面包。我深吸了一口气，没有对他们讲话，只是抬头望天，我在这里对神说话，因为我知道丛林里有狼群，而这里有神。我以前从未这样做过，感觉有些奇怪，我低声说出感谢："天父啊，感谢你赐给我这两个儿子。感谢你让我拥有此时此刻。感谢你没有把我们留在混乱之中。"我的心跳变缓了。内心的某种坚硬软化了，开放了。这种感谢似乎是脱口而出的，但我也能感觉到内心的齿轮转动。"感谢你赐给我们面包。感谢你为我们的愤怒赐予十字架的恩典，感谢赐予兄弟间宽恕的希望，感谢赐予新的怜悯。"我寻找**看似丑陋的美丽**，将它视作恩典，用感谢将混乱转化为喜乐。感恩离开纸页，寻找通往眼睛与嘴唇的道路。这就是安妮·狄勒德所说的：

> 观看很大程度上事关言语表达。除非我将注意力放在面前发生的事情上，否则根本看不到那些事。正如罗斯金(Ruskin)所说，"不只是没注意到，根本上说是'看不到'——就是这三个字完完整整、清清楚楚的意思。"……我必须把话说出来，描述我所看到的东西……但是我若要观察山谷生命较细微的变化，就得在脑中不停地描述当下的情况。②

我通过言语看见了原本看不到的东西，也感受到在恩典中有规律的呼吸——随着一呼一吸说出感谢。双眼聚焦，瞳孔捕捉丑陋中的美丽。一曲荣耀颂划破了家里的黑暗。

阳光铺洒在桌子上，朵朵向日葵闪着光环。我看见了。全世界都是窗口。没有什么物质是不透明的。只要我们愿意看见，去看人、环境、情势、关系——一切都是透明的。

整个世界都只是玻璃一般，可以透过它看见神。

而感恩洗净了这面玻璃。感恩与全心敬拜的挽回作用清除了窗子上长年累月布满的灰垢。

我转过头看着正在吃面包的儿子。为什么我惯于简化？为什么将此刻的神恩简化成一时的烦扰？为什么简化看待最伟大的造物主，而不去看见琐事和混乱之中反映出的神？我必须学习如何去看，如何以小观大。**他不正在此处吗？**

受了委屈的弟弟再也忍受不了，他撑着桌沿起身，从火冒三丈的哥哥身边挤过去，在哥哥背后重重地关上了房门。我吐了一口气。我要记得：感恩能够挽回我们，使我们看见真实。向上天开口感谢，然后看见真正的事实。通过感恩凝视天堂。

**透过玻璃看见神**。

感恩**总在神迹之先**。

为何我的灵魂患有阿兹海默症，**一直在遗忘**？

我可以感觉到有人正紧抓我的肩头，那是使徒约翰在对我低语。如何在混乱之中找到神，约翰说得清楚明白：

> 我们也见过他的荣光……从他丰满的恩典里，我们都领受了，而且恩上加恩。（《约翰福音》1：14、16）

这就是洞见真相的藏宝图！我们见过他的荣光，是**因为**……我们都领受了恩典，而且恩上加恩。我们**已然**领受了这许多恩典，但却在**发觉恩上加恩之后**，才承认当下神的荣光。“如果你想要清醒看见耶稣圣洁之美与他的荣耀……**就必须调整感官，看见他的恩典**。”（着重字为作者所加）神学家约翰·派博如此规劝，“他的荣耀里充满了恩典。”③恩典——丰盛的生命充满恩典，神的荣光也充满恩典。要看见荣光，命名恩典，重新调整受损的感官，感受圣灵，以看见恩典。我不能随时随地做到这一点吗？**为何如此艰难**？必须练习，再练习。

我用手抚过桌面，抹掉了面包屑，然后细细注视儿子的脸。他双臂僵硬，挺着下巴，在我面前的这双蓝黑色眼睛泪汪汪的，就像我最初抱起他的那天一样。今天也有今天的伤痛。我窥见了此刻神的存在，内心变得柔和。糟糕的情绪逃离了。

我伸出手搭在他的肩上。他汗毛竖立，这个脱胎于我的生命却厌恶我。“你能告诉我他怎么对你的吗？我想听。我真的想要了解。”我顺着他的眼睛看到了他内心的沮丧。

他猛地一抽肩膀，甩开了我的手，退后几步。我们四目相对，我的眼神带着恳求，而他目光冰冷。我曾经在唱完摇篮曲后抚摸过的那双唇，现在变得阴沉坚硬。

“你从来都不管他干了什么！”他凑近我的脸，“可你一定会管我！”他瞪着我，想要击败我。这是旧创，是受了感染的伤口。这无关乎面包，有任何事是只关乎眼前结果的吗？他的怒吼使我们两个的神色都凝重起来。他的心脏曾在我的心脏下搏动，我们何以会走到这一步？**我怎会令你失望了？**

我怎会错看了所有的事？我是带着孩子迷路的夏甲，孩子用拳头敲着桌子，我想要后退逃离。谁忍心目睹死亡，我怎能离开他？

“神使夏甲的眼睛明亮，她就看见一口水井。”（《创世记》21：19）

夏甲和孩子干渴垂死，而一箭之遥就有一口井。

**明明这里就有喜乐的井水，我是何等不理智才使得自己畏缩？**

在这片旷野，我一直打着转回到原地：每当决心拒绝，就会对喜悦之井视而不见。**水井永远都在**。而我**选择**忽视。难道我不是真的想要喜乐？不是**真的**想要丰盛的生命？我对喜乐的一切憧憬、向往与渴求，其根本的真相却是我更愿意留在空洞的黑暗里，更喜欢感情用事？为什么我争夺控制权，放弃了喜乐？我是否潜意识里觉得，显露控制的力量反而更令人满足？啊，像撒但那样的**力量**。我是否认为耶稣的恩典太过虚弱，不足以赐我丰盛生命？这不是唯一可能的理由吗？否则我为何不饮喜乐的井水？如果真相就是我并非真心渴望喜乐，那么就隐藏着另一个更可怕的事实——如果我拒绝深埋于此刻的喜乐，归根结底，不也是在拒绝神吗？每每对喜乐之井视而不见，不就是因为我不相信神的看顾吗？神悉心看顾我，始终为我预备喜乐的井水，无论我身处何方，无论我境遇如何。如果我不相信神看顾我，不愿在当下寻找他必定备于某处的喜乐，那么我就拒绝了神。

**亵渎**。

在他里面充满了喜乐。**他就存在于此刻**。

**水井永远都在**。**神永远都在——正因为他悉心看顾**。

神信实地为他的子民供应井水。

该怎样让自己渴慕喜乐呢？我望向儿子，他正怒视着我。

当你知道自己成了走投无路的夏甲，皮袋的水用尽了，你**知道**自己和孩子已经**垂死**，这时你必须盛喜乐之水到嘴边，浇灌焦灼的喉咙——必须立刻这么做。当你不忍见所爱之人因你的虚空而在身边死去，当虚空太黑暗，你不得不再次为喜乐挣扎，向喜乐之神呼喊、乞求、哭泣——你要记住：**你必须渴望看见井，而后才能喝到井水**。你必须渴望看见喜乐，看见神就在当下。

我用凝望的目光怀抱儿子的愤怒。

"主啊，感谢你赐予他耳边那一缕鬈发、三岁时脸颊上划下的那一道疤痕，还有像他父亲一样天蓝色的眼睛。"

我睁大双眼祷告，祷告变成了启示。我的目光变了，他也在我的眼中起了变化。我记得G. K. 切斯特顿曾说，"我们心与灵的长期课题，是审视熟悉的事物，直到它们再次变得不熟悉。"[4]不熟悉的事物变得真实，只有爱它的人才看得见。我将儿子视作恩典，我相信此刻就是爱，我知道只有怀着爱才能看见真相。

爱不是盲目的；爱是圣洁的视野。

转瞬间，我成了被治愈的夏甲。夏甲被放逐旷野之前曾这样说：

> 夏甲就称那对她说话的耶和华为“看顾人的神”。因而说：“在这里我也看见那看顾我的吗？”所以这井名叫庇耳拉海莱（意思是“看顾我的永恒神之井”）。（《创世记》16：13—14）

夏甲知道神看顾人，因为她在逃到旷野的艰难之时曾遇过神的使者。然而第二次流亡旷野，她却遗忘了这件事。她把孩子撇在小树底下等死，看不见水井。在家庭的尘雾中，我也忘了那看顾我的神，但是在感恩里，我又将他记起。我掬起双手，遍地是水井。

水井(the well)，依旧还在这里。

**永远都会有一口井——一切皆好(all is well)。**

我哽咽着叫儿子的名字。他的发肤仿佛变得玻璃般透明。他久久地注视我，眼泪打着转，夺眶而出，滑落脸颊。我上前轻轻抱住他，小男子汉的泪水滴落在我肩头。

“你是用生气来掩饰难过吗?”我轻抚他的背，低声说道。他推开我，咬着颤抖的嘴唇，强忍着情绪。

“你要怎样才会开心呢?”我心疼这孩子，他曾经笑得那么快乐，而如今正挣扎着长成少年，变成大人。他离我远远的，盯着窗外，口中念念有词：“我觉得……我一个人的时候就很开心。”

我心痛地走近坐在窗边的孩子，打量着他的神色。我也控制不住滚烫的泪水簌簌落下。孩子啊……**你是如此干渴。**

**永远都会有一口井。**

我想起那晚的月亮，想起最快乐的神的面庞，他希望我们在他里面得着最大的喜乐。孩子啊，我知道，我知道，**这就是熙攘的生活**。雅各与神较力，给那地方起名叫毗努伊勒(就是“神之面”的意思)。为了得着喜乐，这每日最为重要的较力，便是效法雅各的较力，它使我们在拥挤的生活里得见神之面。我该如何帮助我的孩子？他如此干渴。

该告诉他感恩的力量。告诉他我如何努力命名恩典，以看见当下的荣光和那荣耀的脸庞。我可以告诉他那个实验，像我们一样的伙伴每日也被家庭生活拉扯，他们同样试着感恩，我们一起尝试了为期十天的感恩实验，以这十天作为应激干预，作为现实中的神迹，这神迹不在山上，而在人群脸面之中。每当人际关系让我们感到压力，我们就开口说出感谢。我可以告诉他，伙伴中有一位女士写道：“我感觉到，感恩开始渗入我的灵魂。我正变成另一个人，**一个全新的人**，我喜欢这个人胜过以前的自己。”

还有一个伙伴这么说：“我正学习在各种压力趁虚而入之前表达感谢……我对神充满感激，他让我们这样谦卑的尝试在家庭里面起了作用！**我忍不住告诉大家这场感恩实验为生活带来了多大的改变！**”

另一个人的话让我流下了喜悦的泪水。或许因为那也是我的故事吧。

“慢慢学着别太保守，**在面对压力的情况下开口表示感**

**谢，这简直就像医治精神上的失明。我又能'看见'了。"**

我的人生经验是灵魂所见的总和，我清楚自己所关心和注目的将决定自己生命的样式。快看那口井吧，孩子，那**喜乐之井**。

儿子坐在窗边，扭头望着窗外的田地，咬着嘴唇，试图遏止无用的泪水滑落脸颊。我在脑中摸索着言辞。

"听我说，我明白的。"他没有回过头来，抬起手背抹了抹脸颊。是哪一天在我不注意的时候，他的手变得像他父亲的手了？变得像大人的手。他在掉眼泪。我的孩子在哭泣，他放我走进他的内心，分享他眼神背后蕴藏的话……这是感恩所带给我的。这件事其实只和面包有关，丑陋的面包，而神告诉我如何为此献上感谢。于是奇迹发生了——一颗柔软的心。他让我捧住了他的心。

"我明白和人相处有多难，找到喜乐有多难。"我在他对面的椅子上坐下。这孩子已经变得像我，他的头发颜色渐渐变深，只有前额那几绺头发是浅色的，和我一样——这是遗传我父亲的。

"你每天都可以看到，为了得着喜乐、为了在人的脸上看见神，我是怎么较力的……也可以看到我是怎么失败的。"我伸手去桌对面，想触碰他指节上的一道伤口。那是焊铁弄伤的还是锯木头弄伤的？他总是在创造，在设计……在梦想。

他微微朝我侧身，让我碰到了他的手。**孩子啊**。他不孤单；我也不孤单。我想要把他揽进怀里，使我的身体再一次怀抱他的身体，重回伊甸园。我无法改变我们的皮肤，但或许能改变我们的眼光？我捕捉到他的目光，他没有避开，而是让我的目光拥抱了他。

“我能帮你找回笑容吗？我自己也在寻找。”

我目露恳求之色。而他的眼神融化了。他转过身来，叹了口气，用难以听清的声音喃喃自语：

“我已经试过感恩了。”

噢。

“你知道？我是说，你知道感恩是通向喜乐的路，因为感恩是进入神里面的路？”

“我总是听你这么说。”他陷进椅子里，把头靠在桌沿。

追求喜乐的斗争可能是高声而惨烈的。

他是否也看到了料理台上的那本日志，看到里面不断数算的恩典、清单上潦草写下的“看似丑陋的美丽”？

摇摇欲坠的书柜（装满了书！）
满地的玩具（儿子的乐趣！）
镶边刷了两个月的油漆（即将完成！）
配错的袜子
丢失的图书馆书籍
苹果核，苹果核，苹果核
布满灰尘的架子
斑斑点点的镜子……

他是否看到我在困境中感恩，将丑陋视作恩典，用感谢将丑陋化为美丽？他看到了吗？

“所以？”我把椅子拉近，轻轻握住他的手。

“实在……太难了。”他小声说着，闭起了眼睛。

他感觉到我熟悉的触碰；我也感觉到他的。

“难啊，是的，**太难了**。”他眼睛闭着躺在椅子里。我也有这种感觉，我的孩子。岁月已经让我对一切合上了双眼。“感恩的确很难。我在努力尝试，在练习。**只有通过练习才能学会感恩的方法**。”我知道，孩子。**这许多岁月，太难了**。我也想过放弃。但如果放弃为喜乐较力……我就会死去。

“感恩的练习是操练观看神的存在，保持与神同在，这永远是一种视角的练习。我们不必改变看到的东西，只需改变看的**方式**。”我对闭着双眼的儿子轻声说道。他的下巴颤抖着，眼角流出泪来。**孩子啊，这太难了。**把整个物质世界看成透明的，透过玻璃看见神。练习将纸上的一千次感谢转移到专注的目光前，转移到一千次微笑中。将这种内在的训练化为身体的行动。

如果我们不积极投入这艰难的视角练习，不就会在贫瘠的旷野中，在愤怒、失望与空虚中死去吗？

我把手放在他泪水涟涟的脸颊上。我们是一样的。

“儿子，你没法靠正面思考来摆脱对弟弟、对我、对别人的负面情绪。情绪比思考来得快；血液比神经运作得快。”他的睫毛抖动了一下。“摆脱一种情绪的唯一方法就是用另一种情绪与之对抗。”⑤

我慢慢抚摸着他的脸颊。

我靠近他,希望我的话能起作用。“觉得感恩,就**绝不可能同时**觉得愤怒。我们只能一次感受一种情绪,必须选择自己**想要**感受哪一种情绪。”

他躺在椅子里一动不动。有时候,承认自己真正想要什么是最难的。

我伸出一只手臂抱住他,他的背脊被阳光晒得暖暖的。我把头靠在他宽阔的肩膀上,脸庞感觉他的肩膀在随着费力的呼吸一起一伏。干渴垂死的悲伤。**我还是必须尽力给孩子取水喝**。

“我能给你讲个故事吗?”我感到他的肩头放松下来。从初次抱他的那天起,我就常常在他柔软的耳边讲故事。我和他,还有故事,这是属于我们的时光。

“从前有个和我们一样的较力的人,名叫雅各。有天晚上,他独自一人在黑暗中仰望星空。他难以入眠,害怕第二天见到他的哥哥。他逃离哥哥是因为哥哥想要下手杀他,他们的关系十分紧张。”

“以扫。”啊,他在听。他的回应仿佛茫茫沙漠中出现的希望。我靠在他肩上笑了,将他搂得更紧。

“是的,以扫。雅各惧怕见到哥哥以扫。整整一夜,他都在和一个人摔跤,奋力击打抗争。他紧紧抓住那人的身体和腿不松手,直到日头点亮了地平线。这很艰难。雅各精疲力竭,他感到困惑。”我直起身子,手掌慢慢打着圈抚摸儿子宽阔的背。早晨的阳光透过窗子照进来,变得越发明亮。

“那人见自己胜不过也甩不开雅各,就将雅各的大腿窝摸了一把，伤了雅各。这时天亮了，他命令雅各容他离去。”我用手指顺了顺他的头发，那一绺和我一样的鬈发。

“但是雅各拒绝放他走。他甚至不知道那人是谁，也看不清他的脸，但是他恳求说：‘你不给我祝福，我就不容你去。’那人转向雅各，给了雅各一个新名字，将他命名为以色列——‘与神较力者’。那人对他说：‘你与神较力，得了胜。’在这过程中，雅各始终不知道他在和谁较力。那只是黑暗中的一个人，一个他看不清的人。从黑夜直到黎明，雅各是与他见到的神之面在斗争。**在脸面背后的就是神，儿子。我们能看见吗？**”我把手放在他的头顶，心口一阵疼痛。

“你知道雅各给那地方起名叫什么吗？毗努伊勒，意思是‘神之面’。他说：‘我面对面见了神，我的性命仍得保全。’”

我笑了。“但这故事还没结束……每个故事之外总还有故事。”他挤出一抹悲伤的微笑，被我看见了。我抿着嘴微笑说：“很久以前，有一位名叫詹姆斯·H.麦康基的传道士，他问他的医生朋友说：‘神摸雅各大腿窝的筋究竟有什么意义？’”

“那位医生答道：‘大腿窝的筋是人体最强壮的部分，用一匹马来拉都扯不断它。’”

我一直记得麦康基说的这段话：“啊，我明白了。神在用他自己的方式赐福我们之前，必先摧毁我们自我生命中最强壮的部分。”⑥

像是今天早晨，他摧毁了那些坚硬的部分……于是我们看见,**看见了祝福**。

我凑近儿子的耳边说:

"第二天早上,雅各去见他害怕的哥哥,又发生了什么呢?他经历了黑夜中的较力,最强壮的部分被那人扭伤,而他根本不知道那人是神——你知道他说了什么吗?他面对曾经想杀他的哥哥说:'我见了你的面,如同见了神的面。'(《创世记》33:10)"我抓住儿子的手臂,他很平静。

"与神较力,**祈求看见祝福**……所有的脸面都会变成神的面。**明白吗,孩子?**"

**水?你看见井水了吗?**

握着他的手臂,我能感觉他挣扎的力量在流失,我也是。我看着他的脸,他的眼睑放松了,脸颊上的泪痕也干了。我们颤栗,血流奔涌,感觉到怒火、敌人的炮火,还有真神圣洁的火焰,我们经历了战争。我们十指紧紧相扣没有松手,直至蒙神祝福;我们竭尽全力练习,坚守到底。我们气喘吁吁,向天掬起手掌:"赐福于我,赐福于我,不然我就不容你去。"

像雅各一样,我们喘息呻吟着问道,他在哪里、他是谁。因为他的名是唯一真正的祝福。"请告诉我你的名字。"我们为恩典命名,并在恩典中发现他的名——荣耀,我们在人的脸面中看见了神之面。于是赐福的神在沙漠里为我们供应喜乐的井水。

如果不先祈求看见水井,水井便不会出现;不先劈开坚硬的地面、打破井盖,水井便不会出现。不先扭伤,就无从面对面看见神。

扭伤大腿窝的筋，睁开双眼。

扭伤大腿窝，摧毁内心坚硬的组织，治愈眼睛。撑开双眼需要练习，练习扯断强壮的部分。喜乐的秘密就是，在不确定神是否存在的地方持续寻求他。

“儿子？”

他抬起头来睁开眼看着我，被我的一番话打动了。**我的孩子啊**……眼中的他变得模糊了。**永远都会有一口井**。**一切皆好**。

“你想要——想要和我一起练习感恩吗？”

我们的目光将彼此包围融化，我感到温暖。爱真的会看见。

“是啊，母亲。”他缓缓露出笑容，“是啊……我们可以一起练习感恩。”

*……看见恩典的双眼*

*……放在他手边的我的手*

*……暴风雨后的平静*

月亮将会升起，跛行的人懂得如何看见。谁能张开双手接受？

儿子向我摊开了手掌，我轻轻地把手放在他掌心。

早晨的阳光照在那束向日葵上，散发出一圈圈光晕，它们都仰起了脸。

· 第八章 ·

# 神白白地厚赐万物

我所见过的一切教导我，在未曾见过的一切事上同样信靠造物主。

——拉尔夫·W.爱默生(Ralph Waldo Emerson)

长久以来，我对神都有一些不信任。

洗衣间的窗外下起了雪，仿佛天使从天而降。

枫树下的秋千静静悬挂着，空空的沙坑盛满了白雪，连接猪圈和棚屋的那条小道也沉睡了。烤箱里正烤着面包，我已经闻到了初冬里这五个粗粮面包的香气。它们会渐渐隆起像古老的山脉，烤成棕褐色，圆润光滑。它们正待在玛乔丽·奈特的烤盘顶层。小时候我和哥哥会骑车通过那条一英里的砾石路到玛乔丽的农场，穿过两旁种满高大云杉的又长又暗的小道去找她。她就是用这些烤盘烤面包给我们吃的。她已经走了多少年了呢？我依然能想起她的笑声、一连串迸出来的讲话声，还有她像小山一样驼起的背，会随着说笑的一字一句轻微颤抖。我站在洗衣间里闻着面包香，一边回忆往事一边叠着毛巾，不时看看窗外的落雪。透过角落的窗玻璃，可以瞥见冬天的棉被渐渐覆盖猪圈斜斜的屋顶。

猪圈里养的猪是我们家的生计，现在在我眼里，那猪圈装着死亡的气息——梦想的死亡。我瞬间觉得焦虑，一阵反胃。叠起来的那堆毛巾摇晃了几下，散落一地。市场行情不好，猪价持续大幅下跌。上周，农场报纸上的一则可怕的预言令我惶惶不安，说的是加拿大的家庭养猪业濒临绝境。我们家也是同样的处境：农场里曾经兴盛的生意如今几乎崩塌。我只是瞥了一眼猪圈便胆寒不已，从我们口袋里流走的白花花的银子恐怕已经堆得比猪圈周围的雪堆还高了。每一天我们都起早贪黑，辛勤劳作，每一天都在豢养这些掏空我们口袋的肉猪。我们还能撑多久？

我转过身来背对窗户，俯身重新叠起毛巾，也重新整理内心情绪。这时丈夫走进洗衣间，他准备回猪圈去做事，继续做那榨干我们的工作。我感觉他正朝我看。一阵低低絮语的风吹过，发出悲叹。

“安…… 没事的。”我能否鼓起勇气抬头面对他的目光呢？

而他并没有正眼看我，只是俯视着我的脚。

“你呀。”他摇了摇头，“你呀！看看你的脚趾。”我低头看了一眼。“都紧紧蜷起来了。”

我自己并没注意到。

丈夫轻轻地把他的脚放在我蜷曲的脚趾上，揉着我的肩膀，想拂去我所有的担心。“我们会没事的。猪圈里的小猪和母猪都会没事的。我们会渡过难关。”他搂住我的肩，将我拉进他充满力量的怀抱。

“放轻松……只要去相信。只要去**相信**。”

只要去相信？农场经济崩溃，我们附近的农家不是变卖土地就是负债累累，我们都在朝不保夕地勉强度日，只要去相信？我深吸一口气，露出微弱的笑容，靠在他的肩头，也倚靠着他的信心。

忧虑从来都是我的自然反应，是我天生的顽疾。蜷起脚趾表示我正紧张地退缩。我歪着下巴，挑起眉毛，脸上写满怀疑。我并没有合掌祈祷……而是双手紧紧捏成了控制的拳头。**永远想要控制——这是来自地狱的虚假力量**。我拒绝放下担忧，就像一个不愿舍弃孩子的母亲，本性如此。我是否紧握着担忧，便误以为自己大权在握，假装凭一己之力搬弄思量，就可以决定事情的走向？担忧是采取行动的假象，祷告才是真正的行动。**焦虑**，这个强调的词打断了每一次交流，我真的试图以此证明自己是不可或缺的人物吗？还是这个词另有深意？或许它掩饰了我深埋的惧怕，因为无论如何，焦虑似乎比惧怕更勇敢些。

我又缩起了大脚趾，用力抓着地板。我呼吸着疑惧的空气，骨骼关节里满是忧虑。

五岁那年的一天夜晚，屋里漆黑一片，我躺在床上，双眼直勾勾地盯着天花板。我想到妹妹的那双小手,我曾牵着那双手,陪她在屋后的小径上蹒跚学步。而此刻她在墓中化为泥土,我不必合上眼睛就可以看见腐化的力量。我不合眼,就不会死去。在家里,我们不谈论天堂;任凭死人埋葬他们的死人。

母亲的身影穿过房门,她走进来坐在我身边,一边哼歌,一边揉我的脚,抚摸我的头发,哄我入睡。

“我不想像艾梅那样在土里面死掉。”

母亲抱住了我,摇晃着哄我。

我七岁那年,护士端着一盆豌豆汤蹬蹬地走进病房。喝下的豌豆汤令我一阵恶心。但这汤不是酸性的,不会侵蚀胃壁。芒恩医生在走廊里告诉母亲,他认为令我痛到打滚的原因是胃溃疡。我才七岁。我才七岁,念小学二年级,已经得了胃溃疡。

“她是个特别容易焦虑的孩子吗?”

我听不到母亲小声的回答,只听见身边患肺炎发烧的幼童在啜泣,她的病床靠着大窗子,可以看到街对面的尖塔教堂。

住院一周后我回到学校,在马修·罗博特姆背后的课桌边坐下。我拍了拍他的背,率真地对他说:“你再也不可以对我讲笑话了,我一笑起来肚子疼得厉害。”在家里,我们也很少笑。

十七岁那年,我在车库将一只空的果酱瓶扔向水泥地,碎片四散。玻璃破裂的那一刻,紧绷的内心也瓦解了。痛苦流淌而出。我拾起最尖锐的那一块碎片，它长而锋利，我用它抵住手臂内侧的皮肤，划了一道长长的口子。我看着伤口源源流出咸涩鲜红的眼泪。我不想死，只是想释放自己。

从我十六岁得救并受洗之后很多年，我试图打破和切除忧虑与自我憎恨，方式是从手腕到手臂划下伤口。割开肌肤的烧灼感会烧掉痛苦，流出的血液会让忧虑退去，流向远方。我努力祷告。

二十岁那年二月，寒冷凛冽的一天，我在学校的瓦雷楼等电梯，第一次发作了恐慌症。我仿佛被攫住了喉咙，我用手指搓着颈部，流着泪，挣扎着呼吸。我疯狂地跑向门口，推开背着背包、手捧课本的拥挤人群，朝出口标志的灯光跑去。寒风掠过我的脸庞，我大口喘着气。回到宿舍，我坐进四楼靠窗的那张摇椅里，打开圣经，一边摇一边读。

心理医师递给我处方的那一天，我脑中乱作一团，心脏怦怦直跳。那张白色方形的药方纸片上有她潦草的字迹，她把手放在我的肩上说："这能帮助你缓解焦虑发作，缓解广场恐惧症。"

**广场恐惧症**——"在难以逃离的地方或场合感到焦虑"。难以逃离的，是我的躯壳。我在手腕上绑了一条橡皮筋，连续服了几个月有镇静作用的药物。我努力祷告。

恐惧就像是勒住手腕的钢丝，生命被戴上的镣铐所深深切割，于是双手抽搐着握起了控制的拳头。恐惧局限住生命，音乐终结，喜乐丧尽。我活在桎梏中。

如果我张开紧握的双手去接纳一切，又会如何呢？接纳眼前神赐的一切,生命会不一样吗?可是当恐慌撕扯着喉咙,痛楚的往昔焚烧后留下疤痕,我该如何放手接纳?

“你真的很担心,是吗?”丈夫语气轻柔。只见他朝窗外瞄了一眼,望着雪落在猪圈上,越积越深。猪圈的屋顶保护着我们的家畜……我们奄奄一息的生计。

“嗯……应该是吧。”我呼出一口气。社区里的农家都面临破产,这礼拜大家聚集在一起祷告祈求。前所未有的市场低价正折磨着我们这几代耕地人和放牧人。

“要担忧到什么时候呢?”他将我散开的一缕头发掖到耳后,我轻轻地坦白了心声。话一出口,心里便泛起一阵惶恐。我看着他的眼神是否流露出我的恐惧?“可能只是我的焦虑……”又是这个词。**焦虑**。

我深深地吸气。

焦虑不只偷走了喜乐,我们回应焦虑的方式也可能是种罪。我站在洗衣间里望着猪圈,心里明白焦虑与耶稣的话是截然对立的。耶稣直接而温和地要求道:“你们心里不要忧愁,你们**信神,也当信我**。”(《约翰福音》14:1,着重字为作者所加)我知道,在他那永远可靠的怀抱中,忧愁的心会放松、会相信、会安定。相信便是焦虑的对立面。“信靠耶和华的人有福了!”(《诗篇》40:4)该怎样学习信靠呢?是否单凭意志遵守命令,就能变得更信靠?信靠、深信神对我的慈爱,我必须理解其中的意义,因为只有学会信靠,我才能充满喜乐——“但愿使人有盼望的神,**因信**,将诸般的**喜乐**平安充满你们的心,使你们藉着圣灵的能力大有盼望。”(《罗马书》15:13,

着重字为作者所加)丰盛的生命、满溢喜乐平安的生命,只有当我真正相信神的怜爱时才会出现。慈爱的神绝不会让他的孩子为羞愧自责所累,他只会以温柔的恩典不断抚慰他们恐惧的心。

而我的心满是忧愁、全无喜乐,它向多年来逐渐坚硬的静脉输送着恐惧,我要如何去信靠?

我叹了口气,依旧觉得困惑不解。

如果我相信,那就必须放手去信靠。我为什么还在焦虑?相信神不能只是精神赞同、抱持老套的认知。鬼魔也信(《雅各书》2:19)。如果不是彻底勇敢地全然相信,那么使人得救的信心又是什么?我在一本厚重的圣经注释书上读到过,*pisteuo* 这个词在新约里出现了两百二十次,最常被译为"信心"。但当我看到 *pisteuo* 真正的意思是"抱有信心,去信靠"[①]时,内心便起了翻天覆地的变化。**它是一个动词,是某种行动**。

真正使人得救的信心也是如此?应当是真实的、日常的信心的**行动**?

真正使人得救的信心是献上感谢的信心、看见神的信心、灵魂深处的信心?感恩又将如何帮助我去相信呢?

一天下午,年轻的司琴双手在钢琴黑白键上游走。伴随着琴声,我将扩充版圣经中的这段经文读了几遍:"耶稣回答说:'信神所差来的[忠于他,相信他,倚靠他,对他抱有信心],这就是作神的工。'"(《约翰福音》6:29)这就是我日常的职责,是作神的工?相信——我逃避的职责。相信神之子，相信眼前神的智慧，相信当下。相信是职责。我们应当积极而专注地相信神的慈爱。然而我太常怠惰，不愿振作精神履行职责。焦虑与担忧似乎更为容易，任担忧在心中横行比克己自律更为容易。克己自律需要控制心灵，让它蒙上眼罩，训练它信心十足地坚定前行，不因渐渐逼近的恐怖而逃窜。焦虑与担忧是否证明了灵魂太过懒惰、缺乏自律，无法专心凝视神，无法停留在神的慈爱中？我不喜欢问出这些问题，清扫这些遮蔽双眼的阴暗角落。但我必须得问，和着钢琴坚定的音阶大声地问：难道喜乐不值得努力相信吗？

我骗不了任何人——焦虑毫无喜乐可言。

实际上，焦虑的坏处可能远不止如此："信而受洗的[那些坚守并且相信和倚靠福音和福音所指向的神的人]必然得救，不信的[那些不坚守也不相信和倚靠福音和福音所指向的神的人]必被定罪。"(《马可福音》16：16)

不信耶稣的福音，不信神在当下的救赎，不能时时刻刻积极地相信至高无上、全然良善的神，我们又怎能宣称自己完全相信？这正是我所缺乏的信心：坚信纵使灾难降临，他也会带领我。相信福音的完备性——包括此刻，也是好消息——从而得救。选择焦虑、担心和忧惧，抗拒神赐的、同为好消息的此刻，拒绝相信，则必被定罪。

经济状况日渐衰落，抚育子女烦躁苦闷，二十一世纪的高速运转令人头晕眼花，在这样的处境里，我才刚开始摸索信心的皮毛，开始了解它，这让我激动不已：

如果真正使人得救的信心是相信的行为，那么选择焦虑就是不信神的作为……是无神论。

**若做不到感恩和相信，任何行为实际上都是无神论。**

我感到畏怯。或许信心的反面不是怀疑，而是惧怕。比起不认同神的存在，或许惧怕、不信任神的良善更是缺乏信心的表现。如果我不在情感与行动上相信神的**良善**，我还是一个信徒吗？信徒不是必须去相信吗？得救的人不是必须信靠救赎主吗？得救意味着从罪恶里得到救赎，也意味着从恐惧中得到救赎。

忧虑诚然有其生理与生物学的原因，也一定有潜在的化学因素，所以才可能用药物治疗。我也照处方服过药。的确如此，并非所有忧虑都是属灵的。但是我清楚，也不得不承认：我人生中大部分的担忧都是出于未能相信……以及不愿感谢和信任神慈爱的手。

我一边煮汤，一边烤面包。我知道自己至高的需求是在神里面得着喜乐，知道唯有深信神，才能在他里面得蒙深深的喜乐。我开始擦拭水槽，仿佛也擦亮了自己的认识，心知相信神是最紧迫的需求。如果我在生活各个层面深信神，我的忧虑、自责和千疮百孔的灵魂难道不会得到深层的治愈吗？

恐惧令人窒息，使人惊慌，我想要得到解药，解药就是相信。相信就是一切。

如果恐惧局限了我们的生命，那么接纳神当下所赐的一切，生命是否会得以延展？

我点起蜡烛，切开面包，准备晚餐。

~

礼拜天清晨，丈夫还在猪圈里工作，孩子们也勤奋地帮忙打下手。而我的任务是去教堂参加第一场礼拜，在托儿室里照看小孩。丈夫和孩子们晚些时候会赶来参加第二场礼拜。我驱车前往教堂，经过乡野的猪圈，它们被闪烁的白雪围绕覆盖，犹如一座座岛屿，犹如希望的堡垒。我细数恩典，献上感恩。虚空处总会被填补，而这是我填补空白的方式——以感谢来填补。因为这是神的旨意，他要我们凡事谢恩，这是永恒且唯一需要做的，因为他知道奇迹将随之而来。

我大声说出恩典，好让自己看到、感受到它们：

主啊，感谢你赐予……

积雪筑成的雕塑
罪人如我得到的救赎
树枝上剥落的白霜，像是滑落的冰冷的项链
万里晴空下的一只乌鸦
猪圈上升腾的水汽……
猪圈

视野中所有东西的轮廓都暗淡了，除了一座猪圈。我目不转睛地凝视小路尽头的那座猪圈。时间仿佛随我在这里变得缓慢。

令我惊愕的是有一种感觉不见了：我感觉不到恐惧。

我望着猪圈，数着恩典，忽然觉得震撼：胸中憋闷的疑惧消失了。我不再忧虑，呼吸变得轻松。像怀抱孩子一样紧攥不放的担心，也被我抛弃了。我感觉不到恐惧，这毫无道理。肉猪市场仍然摇摇欲坠，我们家的生计仍然岌岌可危，没有保证，没有保障，没有任何改变。昨日的恐惧、上周的忧虑，家中境况到今天全无实质性的转变。然而**我**变了，我正在转变，灵魂深处的改变，我正献上感谢，正实践感恩，而感恩之时就是灵光乍现的时刻，我明白恐惧为何消失了。为什么我以前不曾明白？我真想在 178 号公路作上标记，就在这座桥上，在顿悟出现、像雪一般眩目的地方。

**感恩是建立信心的基础。**

我越过了这座桥。

梅特兰河光亮蜿蜒，两岸猪圈成片。我驶过桥去，河水宛如一条银色缎带穿行桥下，穿针引线般潺潺流动。与此同时，另一条感恩的线也穿过我的灵魂之眼。

谁会相信架桥者？

当亲眼看到妹妹在砾石路上被车碾过、倒在血泊中死去，当一天天醒来发现厨房空寂得可怕，妹妹的床也空着，母亲离家远去、住进了精神病院一间上锁的病房，谁还会相信架桥者？当醒来看到毛毯上落了雪，寒风透过墙壁裂缝灌进屋子，一家四口人的晚餐是半盒五十美分的“卡夫晚餐”奶酪通心粉，父亲每天都说他不知道怎样才能养家糊口，谁还会相信架桥者？

当希望不再累积，要如何信赖生命？

十一月末的这天早晨，喜乐发出了微光。

希望并不需要累积。祝福需要累积。

我想在此时此地猛踩刹车，因为在豪伊克镇这条支路上，光线太耀眼了。

**细数祝福会发现可以倚赖的是谁。**

这是刚才发生的事吗？如此出人意料。生活里有意识的感谢无意中成了一种考验，考验我们对神的信心——在细数祝福的过程中，我偶然找到了脱离恐惧的出路。

神可以信赖吗？细数祝福，看看他已经架起了多少座桥。

多年来我的不信，是不是因为我没有细数恩典？

我看了一眼后视镜里的水泥桥，这座我不假思索径直驶过的桥梁。我看见镜中反射的真相：每当我被恐惧冻结，因担心而挣扎，向焦虑投降，不就是在宣扬神不可靠吗？不就是在宣告自己真的不信吗？但是，如果我为跨过的无数座桥感谢架桥者，为无数信实的时刻献上感谢，我的生活便传达了信仰，我便真正相信他。

我勇敢地越过下一座桥。

我摇着头欣赏这炫目的奇迹：信靠是跨越昨日通往明日的桥梁，它由感恩的基石筑成。记念建立感恩，感恩铺就信靠。我走上这座桥——从已知走向未知——而后了解：他架起了桥。

**我可以无所畏惧地前行。**

这就是以色列人不断讲述历史的原因吗——以坚定未来对神的信心？铭记过去也是一种感恩的行为与方式，心灵越过时间的肩膀，回望在神的怀抱中走过的漫长道路。“感恩是心灵的记忆”[②]，让·B. 马西厄(Jean Baptiste Massieu)这样写道。感恩不仅是我们心中的记忆，也是神心中的记忆，献上感恩就是记念神。

今天早晨我用《诗篇》祷告时读了这段经文——大卫回顾感恩说道：

你们要称谢万主之主，因他的慈爱永远长存。
称谢那独行大奇事的，因他的慈爱永远长存。
称谢那用智慧造天的，因他的慈爱永远长存。
称谢那铺地在水以上的，因他的慈爱永远长存。
称谢那造成大光的，因他的慈爱永远长存。
(《诗篇》136：3—7)

在记忆中，神昨日的心意显现，确信神今日的心意，并恢复对神明日旨意的信心。我生平第一次明白为什么以色列人与神立约，成为感念神恩的民族。是感恩塑造了一种关于信靠的神学，以色列人作了见证，而我终于明白。

这不正是最后的晚餐中基督对我们最终的要求吗？他对门徒最后的训诫之一、意义最为重大的那一条，也是我常忽视的：记念他。**如此行，为的是记念我**。记念与祝谢。

这是基督教的关键：记念与感谢，感恩。

为什么呢？为什么记念和感恩是基督信仰的核心？**因为怀着感恩去记念是驱使我们真正相信的原因**。

我曾读过这样一句话："一个信徒最重要的品格就是感恩。"[3]命名祝福的这几个月来，这句话激励着我。对基督的追随者而言，感恩是至关重要的态度（细细思考这一点），**感恩使我归向神**，不知感恩使我堕落。感恩自然是基督教的中心。然而直到跨越了那座桥，我才体会到感恩是信徒最重要的品格，究其原因，是**桥上的感恩生发出信靠，带来了真正的信心**。

只有过感恩祷告的生活，才能活出信靠神的力量。我以前浑然不知感恩之门会将我引向何方，而所有的惧怕又会带我偏离何处。车上的镜子都反射出明亮的光。

在空荡荡的皮卡上，我听见伤痕累累的声音——挚爱之人痛苦的呐喊声。我敬重地聆听。

如果记忆中曾有一个老男人对你的下体伸出猥亵的手，将湿热肮脏的气息喷在你的脸上，令你毛骨悚然，你还能感恩吗？

如果超声波扫描发现孩子胎死腹中，你被送回家等待子宫娩出逝去的梦想，你还能感恩吗？

如果与你同床共枕的女人和另一个男人上了床，把结婚相册还给你，对你说她从没爱过你，你又该如何感恩？

记念与感谢？为何？如果记忆无法激起感恩之情，却点燃了熊熊大火将你灼伤呢？

这些话语烧成了灰烬。我熟悉他们的声音，记得他们的脸孔。阳光从车窗倾泻而入，在方向盘上洒了一层金色。我盯着路面，路中央的黄线飞驰，仿佛驶在等待的途中。我静静等着，回忆席卷而来。一片静寂之中，圣灵来临，他低声说出一个名字。

基督。

我透过他看到了一个世界："神既不爱惜自己的儿子为我们众人舍了，岂不也把万物和他一同白白的赐给我们吗？"（《罗马书》8：32）

神给了我们耶稣。**耶稣！神为我们众人舍了他**。如果我们只能留一段记忆，难道这件事还不足够吗？为什么我常常认定这件事是理所当然的？他让神一人耶稣舍命流血，用宝血宏恩洗净我们的污秽。他把铁钉刺进血脉。仅此一件事，还不足够？还需要什么呢？既然神没有留下自己的儿子不给我们，又岂会不给我们**任何**所需之物？

如果说信任必须靠事实赢得，那么耶稣身上流血的伤口、额前的荆棘冠冕、念出我们名字的开裂的嘴唇，不是明明白白地值得我们对神的信任吗？神岂不也把他认为最好最对的一切白白的赐给我们吗？他已经给了我们不可思议的万物。

基督为我们钉十字架。

所有的恩典可以归结为一个。

所有的感恩终究是对基督的感恩，所有的记念都是记念他。万物在他里面被造并存续。因此所有感恩都应归于基督，所有记念都应记念他。我们细数恩典，以了解我们多么倚赖神,但归根结底只有一个恩典。

这豁然晓悟的道理使我惊喜得说不出话来:**一切都归于基督**。所有时刻、所有事件、所有偶然,都在基督里面。在基督里我们永远安全,神岂不也把万物和他一同白白地赐给我们吗?

一座座桥梁看似坍塌,但我们掉进的不是绝望的深渊,而是基督安稳的臂弯——这才是真正的桥梁。他是可信靠的!

他的力量在完全的破碎中完美彰显,以钉痕手扶助我们,而我们可能太过软弱,不敢跟随倚靠他前行。但他是可信靠的!

凡事都可以谢恩,因为引领我们的是良善的神,他使万物趋于良善。他是可信靠的!

以世俗眼光看来,我们走过的无数座桥或许已夷为平地。然而所有桥梁终会架起,由铁钉钉稳。

**他是可信靠的。**

从这一刻到下一刻,每一座我必须经过的桥都是绝对安全的,每一座都带领我更深入他,更接近天家。

痛苦的声音又在耳畔响起,她的声音、我的声音,以及我熟知的所有悲伤的声音,依然呐喊着:曾有些时刻我确确实实受了伤,不像是得到了恩赐。记忆中那些基督似乎缺席的地方;那些桥梁动荡起伏的时刻;那些“岂不也把万物和他一同白白地赐给我们吗”读起来更像“他并不会厚赐给我们”的时刻。

创伤的风暴会遮蔽基督,人的感受会说谎。

我贴近这些痛苦的声音,轻触伤疤,对他们耳语道:有时我们未能看见事情的全貌,在基督里、因为基督、透过基督,他的确给了我们所有美好的——我们需历经岁月才能看清。

经过漫长的岁月,尘埃总会落定。

回忆遥远的过去,神便会出现。

那时我们再回头望,就得见神的背。

神不正是如此对待摩西的吗?“我的荣耀经过的时候,我必将你放在磐石穴中,用我的手遮掩你,等我过去;然后我要将我的手收回,你就得见我的背”(《出埃及记》33:22—23)。

是这样吗?天色渐暗只是因为神将我藏在磐石穴中,用他的手掩护我吗?周遭一片漆黑,我感觉自己在坠落,感觉桥在坍塌,久久不见神的身影。黑暗之中,桥晃动着,我的世界也摇撼着,震碎了梦想。真相却可能是:神在黑暗中经过。桥梁和生活动荡不是因为神遗弃了我们,恰恰相反——神正从我们身旁经过。神就在这震颤之中。黑暗成了最神圣的土壤,荣耀在这里经过。在最深的黑暗里,神离我们最近,他作工,锻造他正确、至善的旨意。尽管我们眼前漆黑,感觉世界摇摇欲坠、孤立无援,其实基督最靠近我们,在这动乱之中牢牢支撑着我们。然后他将手收回。我们再回头望。

我们再回头,就得见他的背。

我看着后视镜,往教堂路上经过的那座桥已经深埋于群山之后。记忆中我依然能看见那条明亮蜿蜒的河，流水如镜。

神在后视镜里显现了。

我隐约觉得，有时候我们需要行过很长很长的一段路，回过头才能在后视镜里看见神的背。

这段路也可能如去往天堂一般遥远。

到那时我们转头望去，能得见他的面。

在178号公路戈里路的拐弯处，我往北转，冬日的阳光向后方斜照，光秃秃的枫树在田野沟渠间拉出长长的影子。廷霍尔特农场南边积了厚厚的雪，覆雪的屋顶下睡着猪群。就在经过养猪场的时候，我想起了那个故事，神让我忆起了它。

第二次世界大战时，炸弹从天而降，山崩地裂，孩子们哭着找父母、找食物，一片面包成了他们莫大的安慰。难民营为这些缩成一团的脏小孩提供了床铺，却无法使他们安眠。白天的爆炸声在黑夜萦绕。似乎没有什么东西能安慰惶恐不安、骨瘦如柴的孩子们。他们的眼神充满恐惧，心脏扑通扑通直跳，彻夜难眠。心惊胆战地睁大双眼度过一个又一个夜晚，我知道这是什么感受。然而在黑暗中，有一个人走在床铺间狭窄的过道里，伸手掀开孩子们身上薄薄的被子，轻抚他们瘦骨嶙峋的肩膀，为每个怯怯的孩子送去一样东西。

那是一片面包。

孩子们茫然地抓起面包吃下去。他们向那个人道谢，而后躺在枕头上安心入睡了。面包切实地平息了恐惧："日落时他已预备了面包，你吃下面包。明天会日出，他仍将预备面包，你仍将有食物。”④双手紧抓着面包。终于，惧怕者得以安睡。

我摇了摇头；抓着面包入睡像是一幅奇怪的画面。不过……料理台上的感恩日志不也是面包吗？张开双手接纳当下，相信领受的就是恩典，把它当作面包。重新数算今天如何欢笑，也数算如何哭泣，让我们哭泣的也是恩典。数算他如何喂养我们，我们如何吃下食物，得到满足，收拾起面包碎屑。他让我们躺下入睡。信心为我们披盖棉被。他今天赐福给我们，明天怎会不赐福？抓着面包入睡或许看似奇怪，而耶稣知道得更多。

他知道只有当我手里有面包、每天吃吗哪时，我才会有信心，才能安眠。

感恩，怀着感谢记念，**这就是面包**。

我们将当下视作面包，领受并感谢，于是**感谢本身也化为了面包**。感谢为我们提供食物。**感谢喂养我们的信心**。

我内心涌起一股无法抑制的感觉——汹涌而来的解脱之感。在白色皮卡的方向盘前，我不禁灿烂地笑了起来，这是勇敢无畏的笑容，是拿着面包的人、吃吗哪的人心怀幸福的希望。

在抵达应许之地、看清回忆全貌之前，我是跨过一座又一座桥的游子，吃着吗哪，吃着神秘的食物。说真的，在生命旅途中难道有别的东西可吃吗？我只能选择感恩地接受吗哪，带着信心吃下眼前的神秘食物，一天天得到滋养——或者拒绝它……然后死去。耶稣呼召我降服，放下恐惧，得享平安。虽然这让人惴惴不安，但也是最振奋人心的事。这就是我一直以来想得到却未曾知晓的：完全信靠，向神降服，将一切交托给神。

**没有信心就没有喜乐**！

我感觉身体的每一寸都放松了，心门打开，生命铺展，欢欣地高喊着：**是的**！“神的应许，不论有多少，在基督都是‘是的’”(《哥林多后书》1：20)。

**在基督里都是“是的”。**

化为肉身的“是的”，对当下说“是的”，对去年的病痛说“是的”，对儿时的阴影说“是的”，对铁钉说“是的”，对生命册上我的名字说“是的”。听见自己说“是的”，而非“我担心”“我焦虑”“我忧愁”“我害怕”。听自己说“谢谢”、说“是的”，看自己**活出**接纳的人生，接纳一切已逝的、目前的和未来的种种。罪恶、死亡以及敌人带来的惧怕，这些力量永远终结了。因为即便桥在塌陷，我们也相信它；即便漆黑一片，我们也相信神；即便不知道吗哪是什么，我们也相信能得到滋养。我们感激神在过去成全他的应许，他也将再度成全应许。在基督里，对每一刻的问题永远只有一种回答，那就是“是的”。

回答永远是“是的”！

～

也许你会以为，我将就此尽情地领受面包。其实顿悟是一闪而过的光。礼拜一早晨,我已将它忘却。孩子弄丢了一本书,即将考试,来不及复习。我又为日常琐事焦虑起来,电话、晚餐、截止日期。还有许多更长更高的桥要走:孩子般的心去向何处?我在选择上好的福分,还是在破坏信仰的传承?有什么不幸潜伏在接下来的日子里?焦虑会上瘾,担心会成为我们争夺控制权的套索,我们会忘记在基督里当下的回答永远是"是的"。

晚餐祷告后,五岁的小女儿在我怀里睡着了,我抱着她坐在桌边,等着丈夫把别的孩子哄上床睡觉。女儿的鬈发被汗珠沾湿,贴在我的手臂上,我一动不动地看着她。她的脸转向我,单纯明净,金色的睫毛微微颤动。我抚摸她的嘴唇,那柔软的曲线仿佛承载了所有美好。她闪烁的眼神、弯弯的眉毛、明亮的心和天籁般动听的笑声,可以将我完全融化。她暖暖的鼻息轻拂我的脸,她的活力与温暖随着呼吸也感染了我。我无法捕捉也无法挽留此刻,此刻的她,当下的我。她正在离开我的途中,她在长大,有一天会离我远去。怀里的她动了一下,我捋了捋她短短的金色卷发。**留下吧,小家伙,留下来**。爱是一道深深的伤口,孩子离开后,母亲还能算是母亲吗?为什么我不能永远凝结此刻,永远留住现在的她和我?为什么时间要夺走一颗我难以割舍的心?为什么我们都一定要变老?为什么我们必须不断告别?

我再次拒绝走上通往未知明日的桥梁,我的担心和请求羞辱了架桥者,我请求留在原地或回到过去,踌躇不前。而他又一次支撑起忧虑挣扎的我。

在他的臂弯里，我不一直都是个无神论者，是个没有信心的信徒吗？

而他抚慰着怀中惴惴不安的孩子，轻言细语地诉说他写在我们内心深处的宇宙法则：**孩子，感恩总是先于神迹**。

女儿的下巴轻轻颤动，我抚摸她的脸颊，她倚靠着我。我犹豫地摊开手，接受这一刻的恩典……命名当下的恩典，等待奇迹降临。

扁扁的小鼻子。我伸出手指碰触她的鼻尖，微笑着。我久久地凝视着她，记忆着眼前的画面。

鼻梁周围的点点雀斑。我的手指掠过这些雀斑，我会把它们记住。

耳边那一撮螺旋状的卷发。那撮头发旋绕的样子好似纤柔的楼梯，一圈圈打着转。我低头深深亲吻了她柔软的额头。她的脸蛋红通通的，像浆果一样。此时我感觉到神，感觉到他温柔的真理之吻：

“所有惧怕都是因为你认为神的爱到了尽头。你是这么认为吗，我贮藏的面包有限，我的食粮会不足够？孩子啊，我是无限的。在我里面可会有什么尽头？在我里面，生命、幸福、平安，或任何你需要的东西可会终止？天父岂不始终赐你所需的吗？我就是生命的粮，我为你预备的食粮必不缺乏。恐惧的心以为神是有限的，以为他预备的会不足够。你已细数一千种乃至无数种恩赐，难道还未揭穿这个谎言吗？在我里面祝福永无止境，因为我对你的爱永无止境。孩子，如果我对你的美意到了尽头，我就不复存在。只要天国有神，地上就有恩典，我是无穷无尽的神，永远充溢爱与恩典。”

我把女儿的一根发丝缠在手指上，注视着她的脸。她的脸庞蕴藏在爱里，焕发出爱的光芒。我感到神轻轻降临。我是他臂弯中的孩子，他温暖的气息拂面而来，他对我的感情如同我对女儿的感情。我不断数算的所有恩典是他慈爱的礼物，它们将我缓缓唤醒，意识到他最温柔、最强烈的爱。

我摇着怀里的女儿，她的睫毛抖动着，呼吸稳定而规律。我跳动的心真真实实地确定：“爱既完全，就把惧怕除去。”神的爱已除去惧怕。

餐桌还需要收拾，碗盘还要清洗，剩下的面包还要放好。黑夜里下着雪，猪圈屋顶上积了洁白的一片。我无从想象感恩还会轻轻揭开并治愈更深层的伤口。我牵起女儿熟睡的小手，轻抚她的肌肤，继续细数祝福，让自己时刻记得继续走向未知。

我紧握灵粮以及那无尽而完全的爱。

· 第九章 ·

# 谦卑自己

神从虚无之中创造了世界，只要我们倒空自己，他就能在我们身上创造新的东西。

——马丁 · 路德(Martin Luther)

我拿着相机拍摄光线，这些光线洒落在墙上，懒懒地躺在松木地板上，还有些灌进了旧瓶子里。这时，身高不足一百公分的女儿问我要相机。我对准渗入房梁木纹的光线按下快门，这些房梁两百年前曾是阳光下耸立在原野上的一棵大树。光线仿佛正循着木梁百年之久的裂隙找寻出路，想要复苏这棵死去很久的树木，让它恢复被砍伐倒地前的姿态。我在周二早晨的农舍里捕捉美丽，用镜头和庄严的眼睛来留存，以表敬重，为当下献上感谢。我又怎会想到后来竟是孩子向我传递光芒？

“我也可以拍照吗，母亲？我不会弄坏相机的，不会的，**我保证**。”她的眼神仿佛透出古老的晨曦，仿佛来自超凡脱俗的黎明。她拢起胖嘟嘟的小手，示意会小心对待相机。这模样让我融化了，她可爱的声音也让我卸下防备，于是我把相机颈带套在她的脖子上。

“我该按哪个按钮？”她抬头问我。她的大眼睛是如何装下这么多纯粹的喜悦的？

“按这个就行。”我能闻到她身上的香味，像是六月的牡丹花香。

她按下快门。

花瓶。喀嚓。

门廊。喀嚓。

橱柜。喀嚓。

她的笑声让我也跟着笑了起来。我听到她在屋子里穿梭，无所顾忌地记录眼前的时空。此刻我们母女互换了位置，她探索神奇，而我忙着拾起乐高积木、铅笔和书籍。我努力让满地混乱恢复条理，她则回到伊甸园，用镜头命名每个时刻。

后来她终于跑来找我，小脸蛋被相机完全挡住，每走一步就喀嚓按一下快门。我正在洗衣间里把浅色和深色衣物分开。

“你能让我看看刚才拍的照片吗？”她绷直颈带把相机递到我面前，一脸抑制不住的兴奋。

我们在一大堆脏衣服旁边坐下，头靠着头，她伸出一只手臂绕过我的脖子。我们在屏幕上浏览起她拍的照片来。

一张我俯身教她按哪个按钮的照片,我正对着镜头。她看到照片难掩笑意,捂着嘴乐不可支。女儿饶有兴味地翻看着照片,我见状也笑了起来。

桌子的照片、门把手的照片、歪斜的书架的照片。

她拍的照片每一张都不乏惊喜。这是为什么呢?我思考了片刻——是因为她优越的视角。她不足一百公分高的视角是不为我所知的,视野里的景象却十分迷人:书房的天花板仿佛巨大的穹顶,她的床仿佛一艘浮船,楼梯仿佛连绵的山脉。

她像是漫游奇境的爱丽丝,四周高于她的一切都成了珠峰。

“你喜欢这些照片吗,母亲?”她挥舞快乐的小手,轻轻拍了拍我的脸颊。

我看着照片,不禁喃喃自语:“好棒……棒极了。”

她咯咯直笑。谁能抗拒得了这样的笑容?我把相机搁在一边,伸手挠她软软的肚子,她仰着头开心地大笑。我一个劲地亲吻她可爱的脖子,她笑得喘不过气来。我们就这么玩闹了一会儿。然后,她蹦蹦跳跳地去探索别处的壮丽风景了。我望着她的背影,渴望与她同行,渴望回到童年。我能和她一起走进奇境吗?我站在原地整理衣物,也整理着思绪。

**神啊,我想要这种幸福的狂喜**。牛仔裤放右边,袜子放左边。在我逐渐年长、迟钝的过程中,是怎么丧失了这种喜悦的呢?我该如何再次用那样的双眼观察世界?该如何拥有天真的眼睛,活在充满神奇的世界,看见其中包含的绮丽,看见高于生活、超凡脱俗的景色?

童年的夏天,我和妹妹在屋后的沟渠里和滑溜溜的青蛙们一起嬉戏,我们趟着黑乎乎的泥浆,溪底的淤泥啪嗒啪嗒溅在光脚丫上,四周回荡着我们的笑声。我们盖起城堡和护城河,我们的王子就是青蛙。我想回到那些日子。也许这就是为什么每天晚上我坐在女儿的床上,儿子们也会钻过来,要听我讲童年的故事。我会给他们讲那些黄金岁月里的故事,只需回忆往事,我们就会变成达林家的孩子,飞往真正的梦幻之岛。

我想起了我的阿姨,她真的环球飞行。她是一名空乘,一生环游世界,徜徉异国别致的街道,尝尽各国美食。她五十多岁,无儿无女。有一次她来农场,坐在客厅里和我们蹒跚学步的女儿一起玩,把地板上一个红色的塑料球推向女儿。我仍能回想起女儿看到球朝她滚过来时欣喜若狂的尖叫,整间屋子都被她的叫声感染,充满了欢乐的朝气。我们也惊喜地笑了。女儿张开小手臂,用胖乎乎的手紧紧抱住那个大球,一仰头,把球高举过头顶,圆圆的脸蛋和圆圆的球相映成趣。阿姨一次又一次重复相同的动作:把球滚进最单纯的快乐里。孩子尖叫大笑,一次次接住球。我们在一旁看着,开心地笑个不停。

几周后,阿姨从远方的酒店寄来一封信,邮戳来自大洋彼岸。信中深切的顿悟刻在我心头,萦回不去:“我永远都忘不了你女儿玩球时那兴高采烈的样子——我旅行多年,从未见过那样的欢喜。而这却是在最简单的体验中得到的。”我没有忘记那天下午孩子的喜悦，也一直记得阿姨的这番话。

是的，那超凡脱俗的喜悦。这种喜悦你寻遍全世界，只能在孩子身上找到。

我从洗衣篮里拿出小女儿粉红花朵图案的连衣裙，捧在手上。

因为她还小。

是这样吗？孩子欢声笑语的奥秘、通往他们喜悦疆土的大门，就是视角。

如果我们喜乐的程度由感恩的深度来衡量，而感恩就是看待世界的方式，那么微小的属灵视角也许是一种尤为重要的方式，它有助于感恩。

孩子拍的照片让我透过她的双眼亲身体验奇景——“如果能把自己变小，那生命将变得何等宽广！”[①]这句话描述的就是这种体验吗？我有了证明。

细小的喜乐使生命变得宽广。

雄伟景象给人渺小之感，这种视角我自己不也曾有过吗？我曾站在大峡谷的山崖俯瞰自然雕琢的大地，鬼斧神工的广袤峡谷让我感到自己的渺小。我曾在六月末的夜晚仰望浩瀚星空，天上缀满了已知的、被命名的星星，让我感到自己的渺小。月光笼罩下的那片田野让我感到自己的渺小。我不敢轻易用人类的微渺去触碰无垠奇景。

讽刺的是：我不是时常拼命想挣脱渺小生命的局限吗？然而当我站在突显自身渺小的壮阔景色之前，却从未感觉悲伤，不断涌现的只有惊叹。这是因为在每一个有限的肉体内都存在与无限的神相似之处吗？在所有宏伟壮丽的景物里，我们依稀辨认出家乡的影迹，唤起心灵深处的情意。我们挣扎着褪去渺小，想置身伟大的生命，是因为这样才与我们天生的神的形象相称吗？

回声与回声响应，深渊与深渊响应。

**敬畏**……敬畏能点燃喜乐，因为它让我们屈膝。我记得追逐月亮的那个夜晚，在感恩的敬拜里我们拥有最深的幸福。因为我们渺小躯体里与神相似的部分，在父神的威荣里与他交谈。在那片月光下的麦田里，我尚未明白这个道理：一切惊叹和敬拜只能从渺小中产生。

我站在洗衣间里，整理着孩子们滴满水渍的衬衫和粘了草屑的牛仔裤。站在大峡谷边的那天已过去好多年了，追赶月亮的那天也过去好几个月了。现在的我终日面对这些衣物，该怎样在当下的奇妙之地，也在将来的天国中成为小孩子？该怎样在庸碌平凡的日子里心怀敬畏而活？感恩是解答，我了解某些层面的解答，因为我见证过神迹……但仍有许多不明白的地方。

金色的光束穿透洗衣间。

我的手表鸣响报时，这是现代的祈祷钟声。我停下了盘旋的思绪和探究的问题，搁置手头的忙碌、清洗的衣物，因为比起双手劳作，神更希望我们双膝跪地。我像但以理一样脸面朝地，作整点的谢恩祷告，来到祷告的另一端。

主啊，感谢你赐我孩子的视角……

感谢你让我看见照片里的门框和门把手……

感谢你让我看见高耸的天花板、驳船似的床铺、巍然矗立的桌子……

感谢你赐予她的笑声与惊叹，她颠覆世界、放大世界的双眼，也让我感到惊喜与敬畏……

我在一堆衣物旁喃喃地感恩。周遭的世界延伸了，变得高大深远，涌动着神的荣耀。我感觉自己身体缩小，灵魂扩大，喜乐填满了灵与体之间的宽度。这感觉就像孩子愉快地用相机捕捉画面或是欣喜若狂地抱住塑料球——栽种惊奇，培育感恩，生长出喜乐的微小视角。对月亮的敬畏使眼睛明亮，肥皂泡的五彩缤纷使时间变缓，这都是感恩施与生命的改变。而我现在经历的，不是另一层面的感恩吗？感恩教我们以屈膝作为观察生命的最佳姿态。我摇了摇头，带着静默的笑容记起孩子的欢喜。孩子不就是这样生活的吗？将生命视为巨大的惊喜。孩子不会期待环球旅行的阿姨带给她来自东方的贵重礼物，或者花束和明信片。**滚动的球是惊喜！大笑的阿姨是惊喜！一次又一次接住球，都是惊喜！**

我的母亲历经坎坷，行过幽谷，她常说：“期待会破坏关系。”我知道期待就像一种疾病，这个沉默的杀手把负担堆在人际关系的肩头，直到灵魂之肺破裂、死去。期待会破坏关系，尤其是我们和神的关系。这正是孩子所没有的：大厦般又高又大的期待。若没有期待，我们对眼前的一切都会感到惊奇。

我时不时会想起在市立医院小儿科没有合眼的那天夜

晚。我坐在儿子的病床边，病房里婴儿哭号，病童抽泣，手持吗啡的护士们小声预测可怕的病情，这些声音不绝于耳，萦绕着无尽的等待。我一宿没睡，周遭的痛苦迫使我祷告。在经过医生准许出院后，我们回到家中，我走进卧室、浴室、厨房，走到冰箱前、窗前，为了白白得来的奢侈的健康，举起双手，激动地表达感谢。**这里，这个地方，就是惊喜！**我看见自己不曾经历的那些生活——我没有靠在某张临终的病榻前，没有住在难民营，没有活在战场中或是地震的废墟里。把碗盘放进水槽清洗，打开炉子烧水，刷洗厕所，这些事都让我惊喜地笑了。我很健康，**得以活在这里做这些事！**短短两天前，我还觉得这些事情理所当然，甚至有些厌恶它们的不美好——此时却完全改观，**一切都成了令人惊喜的恩典！**近十年里第一次，我和儿子在床边为正在黑暗中呼号的人轻声祷告，因为我们见证了这一切，并将永远牢记……

只有当生命掏空时，我们才会惊异地发现它其实有多丰盛吗？

充满喜乐的人不会满心期待，他们不抱持任何期望，然而却很充实。一阵微风！一棵橡树！一朵雏菊！一项工作！一片天空！这里的人！这个地方！**这一天！满是惊喜！**

C. S. 路易斯说到他“因喜乐而惊奇”。或许除了惊奇，再没有别的发现喜乐的途径？

这是微小之人每一天的生活方式。

圣经甚至也为微小之人命名。神不是称他们为**谦卑的人**吗？

**谦卑的人**活出惊奇,**谦卑的人**活在喜乐里。

我侧耳聆听,耶稣对充满惊奇的人低语:"谦卑的人有福了,因为他们必承受地土。"(《马太福音》5:5)谦卑的人是柔和躬身的,充满惊奇的人双手打开,接受神赐的一切。

神赐他们地土。

**地土**。

这不足为奇。"humility"(谦卑)一词源自拉丁词根*humus*,意指能种出好作物的土壤。神将**地土**赐给像这种土壤一样的人——谦卑的人。**谦卑**是种植感恩的好土壤,会结出丰足的喜乐。

在颠倒这个世界价值观的天国里,尊卑相反。自高的,必降为卑。"所以,凡自己谦卑像这小孩子的,他在天国里就是最大的。"(《马太福音》18:4)后来我还读到迈尔(F. B. Meyer)的一段话,让我绞尽脑汁,思考着地土、屈膝,以及我不曾明白的一些事:

> 我过去以为神的恩典摆在一层层往上堆叠的架子里,我们基督徒的灵命长得越高,就越容易得到最高架子上的恩典。如今我发现,神的恩典摆在一层层往下堆叠的架子里,蒙恩的关键不在于长高,而在于屈身,我们必须降低自己,保持低微,才能得到神最好的恩典。[2]

领受神的恩典、活得崇高而充满喜乐,不是靠竭力变高、努力做更多的事,也不是靠长期背负法利赛人或圣人的重负。领受神恩只需屈身，一个温柔而简单的动作。

这也是我常常缺乏喜乐的原因吗？是自恋又贪婪的世界瘦弱不堪的原因吗？至于小孩子谦卑的喜乐，是我亲眼见证的，也是我的阿姨走遍世界都从未在别处见过的。

我摩挲着小女儿连衣裙上的花朵刺绣，轻声念出谙熟的经文，此刻却给了我新的认识：“他必兴旺，我必衰微。”（《约翰福音》3：30）我知道我的灵魂需要尊主为大，但是身体也需要变得卑微吗？我俯身整理衣物。谦卑不是负担、耻辱或压力，而是唯一可以领受奇异恩典的姿态。神也自己卑微，降临马槽。在门把手反射的光线里、在花瓶的轮廓里、在堆积的衣物里，他等待被我们发现。我摇着头，微微一笑，把女儿的裙子放到一边。我意识到一件有趣的事——一旦试图掌握谦卑，谦卑就不见了。论及谦卑，若用光照亮它，它就躲进了黑影里。“谦卑是十分腼腆的。”提摩太·凯勒这样写道。③如果我聚焦谦卑，审视内心来评断自己是否足够谦卑，在这过程中谦卑已然逃跑，我便成了自傲、自我中心的人。这么做没有用。然而还有什么东西比神恩更贵重，自然使人谦卑？当我停下脚步献上感恩的时候，不也体会过小孩子的喜乐和惊奇吗？

感恩，静静的感恩之歌能吸引谦卑走出阴影。因为要领受恩典，必须谦卑地屈膝，柔弱地张开双手，心灵也须躬身接受神选择赐予我们的一切。

要永远记得：**感恩总是先于神迹**。你也许以为我已将此牢记在心，然而我忘记了。可天父绝不会忘记我是他用泥土造的孩子。基督作为受伤的勇士感同身受地温柔对待破碎之人，他耐心地引导寻求他的人，慢慢引导我回归感恩。

这就是在我学习感恩以领受丰盛恩典时所发生在我身上的事吗？我为神恩谦卑地献上感谢。我练习感恩。就在我谦卑感谢之处，神叫我升高，赐我更多恩典，也把他自己给了我，灵魂因此谦卑放低。良善的神继而以更大的恩典回应，也让我更加认识他。我乘着恩典的波浪，被越举越高，到达喜乐汹涌的浪尖。在谦卑的感恩里降得更低，就会在恩典里升得更高。这样的感恩让我乘上喜乐的车到达巅峰，再也不愿离开。这就是为什么喜乐的油缸永远注满、从不枯竭的原因吗？他必兴旺，我必衰微——这不是重担，而是为了让我的喜乐与他一同兴旺！我双膝跪地，把脏衣服扔进洗衣机里。

我把洗衣机面板设定在“极度脏污”的程序，跪在地上，看着水注入洗衣槽、泼溅在圆形槽门玻璃上，听着汩汩的流水声。水往下流淌。往下，一直往下，水总是往低处流。我看着水流，心想属灵的水一定也这样流动，永远在探寻更低处。洗衣桶开始转动。我必须谦卑自己——我看着水流，这样对自己说。当我干渴难耐时，必须如水一样谦卑自己，必须跪地感恩。喜乐之河流向最低处。

我站起身来。

~

我把袜子挂上晾衣架。架子上像是悬着一排降服的白旗。我的思绪还沉浸于这些问题——谦卑渺小，接受一切并视其为惊喜的恩典，以及感恩如何带我们深入奇境，深入神的旨意里最真实、最丰盛的自我。在我忙于家务的舞步之下，孩子们正在地下室里玩耍，传来阵阵轰然笑声和雷鸣般的脚步声。取出衣物，悬挂晾晒，这日常的工作、如日出日落般恒定的家庭韵律，平凡之中充满了神的荣耀。突然，玻璃碎裂的声音打破了这种节奏。

一个孩子尖叫起来。

出于身为母亲的忧虑，我眯起眼睛，绷紧了神经。

“是**你**干的！”

“是**你**推我的！**我**什么也没干！”

“妈——母亲！”

我松了口气，有条不紊地踩着每一级楼梯，慢慢往地下室走去。我像是一个小心翼翼下山的登山者，身处黑漆漆的悬崖峭壁。在试图整理家中秩序的这一天里，我已经收拾好雪橇床上的荧光笔涂鸦、折成两半的CD、卧室地毯上的油漆印，还有孩子们喋喋不休的吵嘴。我来到地下室，迎接我的是音响前面碎了一地的玻璃。

“这扇门的玻璃还是好的。”女儿摇晃着幸存的柜门。我也许应该庆幸。“他只打破了那一扇。”

“**我**打破的？”儿子把手放在胸口问。他举起双臂抗议道：“我只是追着你跑。是**你的**肩膀撞上柜子的。”

我气不打一处来，咬牙切齿，握紧了双拳。十分钟前我还在探索喜乐的道理。这下所有的道理和观点都夭折了，除非它们能被吸收并践行，在这乌烟瘴气的世界里存活。我的膝盖颤抖着，变得僵硬起来。平静比玻璃更易破碎，我竟以如此快的速度堕落，不愿再屈膝。

我能否像大卫一样，晚上、早晨、晌午哀声悲叹，哭诉为人母的哀伤，抱着信赖之心，神也**必**听我的声音（《诗篇》55：16—17）？我能否保持沉默，不像以色列人一般发怨言，忘恩负义地表达不满和指责，叫神听见了就怒气发作（《民数记》11：1）？我不敢开口，因为知道自己更可能发出哪一种呼喊，但又似乎管不住心和舌头，不该说的话还是蹦了出来。

"你们到底怎么想的？告诉你们多少次了不准在家里乱跑？我实在……"我滔滔不绝地说出恶言恶语，却因沮丧而疲累，说到一半便中断了。我渐渐觉得透不过气来，有一种紧张的窒息感升上喉头……我的呻吟和怒吼犹如受伤的野兽、受困的疯子，这不是大卫的悲叹。但是我熟记大卫的话，当我扭曲大卫的悲叹时，便会以此祷告："我这样愚昧无知，在你面前如畜类一般。"（《诗篇》73：22）

即便在我们不驯之际，神也保守我们。

我深吸了一口气，看着孩子们。我记得：悲叹是出于信心的哭喊，相信良善的神，他倾听我们的心，他将丑陋化为美丽。怨言则是不信任的哀号，不信在当下有仁慈的神，不信天父心里的爱。我们的抱怨实质上是在质疑他的爱，此时神会怒不可遏。我揉着脑门，摇了摇头。悲叹需要漫长的学习，和学习感恩一样困难。我明白这一点，也逐渐明白自己名字的含义，"安"——"充满恩典"：我越了解感恩，就越了解神的爱,也越不会像以色列人那样发怨言,而是发出真正的悲叹,在委屈中仍信任他的心。

我端详犯了错的孩子们,儿子挑起一边眉毛,若无其事地耸了耸肩。神不也向犯罪的以色列人发义怒吗?不也因自己的孩子受伤吗?他不是常常心碎吗?他心中不也忧伤、愤怒,感到他的爱被拒绝吗(《创世记》6:6,《出埃及记》4:14)?我在圣经里读过神自己的故事,喜乐之神亦有悲伤。所以我不会像乃缦那样麻木,不会装作自己感觉不到痛苦。元帅乃缦长了严重的大麻风(《列王纪下》5:1),皮肤麻木变厚。麻木也会使人变得像野兽,最终使人消亡。

我靠在楼梯边的墙上。我会真切感受生命,我会成为屈膝的乃缦,踏进浑浊的情绪之河。真正的悲叹是以勇敢的心坚信神完全的爱,从而真实地感受与呼喊。

我用手撑着头,在神、孩子和混乱的生活面前诚实问道:"我们真能常常喜乐吗?"

经历了这因吵闹而支离破碎、凌乱疲惫的一天,我已十分明白:我或许会受到挫折,或许会更加失望,但感恩是一种行为,喜乐是一个动词,它们不只是情绪而已。我也许不能常常感到喜乐,神却要我凡事谢恩,因为他知道喜乐的**感觉**源于感恩的行为。[4]

真正的圣徒知道,一切喜乐都来自比感觉的源头更深的地方;喜乐来自神所在的地方。喜乐就是神,神就是喜乐,喜乐不会消除其他情绪——喜乐**凌驾**于其他情绪之上。或许婚姻之树不会发芽、子女的成长结不出硕果、工作收效甚微,或许银行没有存款、心中不再有梦想,或许别人选择不一样的方式度过人生,然而只要我一息尚存,就会为此奋斗至死:“因救我的神喜乐”(《哈巴谷书》3:18)。我会努力遵照圣经而活,直至生命尽头:“我的弟兄们,你们落在百般试炼中,都要以为大喜乐”(《雅各书》1:2)。我会一再听从劝勉并竭力践行:“你们要靠主**常常喜乐**;我再说,你们要**喜乐**”(《腓立比书》4:4,着重字为作者所加)。

我咬着嘴唇。喜乐熄灭时,身体会咆哮,脸孔苍白皱缩,喉咙放开怒吼。“少了喜乐,没有人能活着”,托马斯·阿奎那这样写道。[5]我得说,这是真的,我见过许多等死的已死之人。

遍地是破碎的玻璃。但我该关注的不是眼前的玻璃,而是之前提及的那面玻璃——透过它看见神、看见我生命全貌的那面玻璃。透过玻璃,我看到了自己的本相。

只有自己能扼杀喜乐。

**我正在扼杀自己的喜乐。**

我反复思量的神学道理,如今成了明净的窗玻璃,我看见了神圣的异象。

喜乐是只在谦卑敞开的手掌中闪烁的火焰。谦卑敞开的手解脱且降服,接受一切,于是光芒在掌上舞蹈,快乐地闪耀。一旦握紧手掌,手指便对准了自己,对准权力和要求,喜乐便会熄灭。愤怒是扑灭喜乐的盖子,使喜乐失去活力,死气沉沉。我脑中这广阔复杂的想法,远远超越了眼前的家庭琐事。它关乎我全部的生命,烙印在我心上:我自己的意志所提出的要求,是唯一窒息喜乐的力量。

我的自傲是戴上愤怒面具的野兽,它猛然合起手,捏碎了喜乐。后来我看到亨利·沃德·比彻的话,联系自身的经历,读来格外熟悉:"骄傲会毁灭感恩……骄傲的人当中鲜有感恩者,因为他们从不认为自己已经得到应得的分。"[6]我是否敢问自己,什么是我应得的?衣食无忧的人生?全无试炼、艰难与困苦的人生?没有任何不适与不便的人生?是不是有时候这种自以为应得的意识——即**期待**——会夸大自我,引爆愤怒,冒犯神,并熄灭喜乐呢?

那么,什么才是我真正应得的?感谢神,他不是按着我们应得的给我们,而是宽厚慷慨地赐予我们身体、时间和生命。神没有给我们权力,而是赋予我们责任——回应的能力,邀请我们回应他慈爱的恩赐。我知道也深深体会到:我对眼前的恩赐作了糟糕的回应。实际上,我正拒绝接受此刻,否认它是恩赐,拒绝神,抵抗神。**为什么感恩总是如此之难?**

我低头看着粉碎的玻璃,这些玻璃勾起我的回忆,也使我透过它们探视。我这才发现:我一直以为喜乐的火焰需要保护。

这些年来所有的愤怒、顽固和控制欲,我以为必须握紧拳头才能阻挡狂风,庇护柔弱的喜乐火焰。奋战的风暴中,我试图执掌风雨,为保护自我、保护幸福而攥紧了拳头。然而摊开的手掌握成防护的拳头,手中便充满了黑暗。在全然的虚空里,我强烈意识到:我自己不计代价保护喜乐的疯狂欲望,才是扼杀喜乐的真正力量。

火焰需要氧气才能燃烧。

火焰需要些许微风。

我思考的神学道理正渐渐成形。

我们所见的光都是来自过去的光,来自过去的阳光涌进窗户,映照在玻璃碎片上闪闪烁烁。破碎的玻璃在光芒中点燃,这就是燃起喜乐火焰的奥秘:**谦卑地放手**。放开试图去做的事,放开试图控制的欲望……放开自己认定的方式和心中的恐惧。让神吹起试炼的微风,那是喜乐的火焰所需的氧气。摊开手等待。保持平静,自甘渺小地屈膝。让神赐我们他选择赐予的,因为**他只会赐予爱**。为惊喜低声献上感恩。这便是喜乐的燃料。只有在掏空自我意志后,才会发现丰盛的喜乐。我可以掏空自己。我可以这么做,因为数算神的恩典已让我领悟他珍惜我、保守我、厚爱我,因为我的生命**充满**了他的爱。我可以信靠。

我可以**放手**。

我以前不知道喜乐意味着向老我死。

我以前是如何理解困境中的感恩和最后的晚餐的呢?

向老我死,我必须感激、谦卑地领受良善之神所赐的唯一且更好的东西。虚己,以基督的心为心,追随“*自己卑微,存心顺服,以至于死*”(《*腓立比书*》2:8)的耶稣,跟着他来到感恩降服的晚餐桌前,为一切恩典献上感恩——这就是**喜乐!** 真正的谦卑是缩小自我,直至“有福的忘我”。清空自我意志、完全沉浸于当下神的意志,有什么能比这样做带来更多幸福？喜乐——它永远来自顺服。

我现在更加明了：感恩绝非盲目乐观的儿戏，而是坚硬的刀刃。

只有自己能扼杀喜乐。

我深深地吸了一口气。我踩着楼梯走来，被指引着走进这个地方。

我在满是玻璃、一片狼藉的地上跪下。

我熟悉这地方。我记得自己红色的泪水以及用玻璃切开手臂时的痛苦。这不小心打碎的玻璃，其实暗示着许久以前迫使我打碎玻璃的那些烦恼吗？而现在，我懂得弥合。感恩教我们以屈膝作为观察生命的最佳姿态，我俯首，我的身体平静地说："愿你的旨意成就。"**这**是身体和嘴说出感谢的方式：**愿你的旨意成就**。这便是治死老我、投身神慈爱怀抱的方式。

**这就是为什么为喜乐而奋斗总是如此艰难。**

"凡是发自内心对神说'愿你的旨意成就'的人，没有找不到喜乐的——不仅在天国，也在人世间的未来与**每一个当下**。"彼得·克雷夫特如此阐述，"世上每一个这么做的基督徒都有相同的见证。这是一个重复了数十亿次的实验，每一次都有相同的结果。"⑦

我跪在满是玻璃的地上，忆起曾经打破玻璃的往事。耶稣悄然而至，他说："孩子，'愿你的旨意成就'也是我喜乐的经验，自始至终。"

我想到耶稣的起始，他超自然的出生。他的母亲跪下来将一切交托给神的旨意:“情愿照你的话成就在我身上。”(《路加福音》1：38)这个女子将她的手以及子宫都交托给神完美的旨意。她因着圣灵感孕,称颂道:“我灵以神我的救主为乐;因为他顾念他使女的卑微……他叫有权柄的失位,叫卑贱的升高,叫饥饿的得饱美食。”(《路加福音》1：47—48,52—53)马利亚的谦卑——自愿放弃自己原本的期待与计划——使得神叫她升高。她顺服于神的旨意,神以他自己充满她。她谦卑的言语和顺服的感恩,静静地被世代传颂。

我也想到耶稣在世上生命的终结。他在山上跪下,伤痛地祷告:“父啊,你若愿意,就把这杯撤去,然而,不要成就我的意思,只要成就你的意思。”(《路加福音》22：42)他开口领受,喝下苦杯。为什么?为更大的喜乐,现在直到永远的喜乐。耶稣在马利亚感恩的谦卑里孕育,他怀着感恩的谦卑面对死亡。我听见耶稣的一生在温柔地诉说：喜乐在于顺服。

孩子们围绕我站成一圈,看着我,等待着我。长长的透明碎片躺在我面前,反射着光。

我谦卑地张开双手。

孩子们一言不发,一个接一个地在我身边跪了下来。

我谦卑地张开双手,释放自己的意志,接受神的旨意,领受他的微风。我全盘接受眼前的恩典,**接受神**——只有接受他给的一切,我才能够真正接受他。喜乐的火光闪烁、呼吸,由神的旨意燃起,由神燃起。

一道光线透过午后的窗户照射进来,苍老梁木的裂隙在阳光下重生。

我祷告着。

我放开手,将双手摊开。阳光洒落在我手臂细细的旧伤疤上。

我的手掌捧起了光芒。

## · 第十章 ·

# 虚己以待

我的救主，求你使用我，无论你的旨意和道路为何。我贫乏的心等候你，它是空洞的器皿，求你用恩典充满。

——慕迪(D. L. Moody)

我在十月的雨天醒来，雨水敲打着窗户。

秋天静静来临，与乡野交融，枫树默然褪去树叶，落得一地火红。我起身整理好床被。

在厨房里，我点起一支蜡烛。烛芯低下了头，燃起温驯的火苗。炉子上生了火，缓缓温暖着细雨中的悠然时光。

在世界的角落，在金黄的玉米地边，我听见雨水羞涩地落在屋顶，落在沙沙作响的玉米叶上，落在枯死却依然挺立的玉米叶上。数以千计枯萎的玉米叶摩肩接踵，玉米秆如同琴弓，在琴弦上演奏着音乐，行云流水。田地也与天空合奏，蓝天仿佛海洋前来寻找干涸的土地，河流静静地淌过窗玻璃。灰色的云朵低空飞行，往东飘去。我把早餐的碗盘摆到桌上。

再过不久，丈夫和孩子们会饥肠辘辘地从猪圈回来。银勺子、不锈钢杯子、搪瓷牛奶罐、农场自制的蜂蜜。我在餐桌旁站了一会儿，透过湿漉漉的窗户朝南边望去。我的一个儿子回来了，他戴起了连衣帽遮挡这清晨的雨。我看着心爱的儿子漫步在屋后小径上。他的头压得低低的，双脚寻找着水坑。古往今来曾有万千少年这样踩过水坑，他啪嗒啪嗒踩过的水来自远古，历经无数个世纪的循环，我想知道这里降落的雨水是否也是亚当见过的那水。

几条晾衣绳挂在屋后的小路上，水滴悬在绳子上晃动，宛如一条宝石项链，将此刻的时光镶嵌其中。有一只晾衣夹忘了收，夹子上也挂着一滴水珠。眼中的晾衣绳成了横梁，那只木夹子成了立柱，我看见了一个十字架。儿子抬起头，见我守在窗边，便满面笑容地挥了挥手。

水滴从那个十字架上坠落，如同恩典倾注在我们身上。

我心里迸发出喜乐的火焰，久久不能平息。

这个孩子、这一时刻、这一天，我们同在这里，沐浴着满满恩典。伟大的恩典之泉漫天降落，流经我们，灌溉世界。借来的微风成为我的燃料，在十月雨中点燃了我喜乐的火把。

我是蒙福的。

我**也能**祝福。

这便是快乐。[①]

我把蜂蜜放在摆好了餐具的桌子上,也朝儿子挥了挥手,他在雨里笑了。我是火焰,也点燃了别的火焰。

十月的晨雾里,感恩打开了我的眼睛和心灵,使我看见降临在我们身上的恩典,祝福似水滴、似河流、似瀑布,注满我们的虚空。它落进张开的手心,使生活再度成为天堂。如果感恩引我们放开双手领受神波光粼粼的恩赐之河,我们现在又怎能合起手掌?

如果我弯曲手指,试图抓住并留存这条河——筑坝拦起恩典的水流——那河水不就停滞了吗?很久以前我和孩子们看过死海的照片,我们读到约旦河注入死海后不再流出,盐分不断增加,死海里的生物全数死去。我思忖,如此一来,丰盛之河会变得污浊。恩典是活水。如果我筑坝拦起它,紧抓着祝福不放,水中的喜乐便会死去……成为没有生命的一潭死水。

我手掌向上,展开手指,领受恩典,让恩典流经我并继续流淌。就像持续不断的水循环,恩典注定如雨水般降落,周而复始。我可以分享恩典,让喜乐加倍,扩大盛宴的桌席,延展有神同在的天堂。我是蒙福的。我**也能**祝福。一个**默想**基督赐福的生命也成为一个**践行**基督之爱的生命。

我聆听吹过玉米地的风、打在窗子上的雨,我找到了自己的位置。所有遗失的碎片都渐渐找到了自己的位置。

我在最初遗失的名字——“安”,充满恩典——不也是失落的碎片吗?感恩揭开了最真实的自我,彰显出我与生俱来的权利——领受神恩的无尽宝藏。**神恩的无尽宝藏**。我数算着恩典,找回自己的名字,经年累月,我渐渐改变、渐渐回归。我是充满恩典的安,我是蒙福的,难道我不能给予祝福吗?难道这丰盛不能继续流淌下去,成为喜乐吗?这是我短短三个字母的名字丧失已久的意义吗?

天空放晴了。

这是一个礼拜四的早晨,我正烙着煎饼,电话铃响了。是青年团契的牧师打来的。我的孩子都还未达到参加青年团契的年纪。牧师问我是否有兴趣去多伦多街头参加青年团契的服事。我记得多伦多的街头。我第一次恐慌症发作就是在那里,那个令我窒息的城市。当时我年龄与团契里的孩子们相仿。我能够故地重游,活出丰盛,充满神的恩典吗?这会是我给予祝福的方式吗?任何让丰盛恩典继续流淌的机会,我们不都应该抓住吗?遗失的碎片无所遮掩地等待着我们拾起。这呼召似乎是来自神的。于是我回答说:**是的**!

这是神赐我的职分。

谁知道恩典会如何降临以及降临在哪个人身上呢?

团契的队伍沿着多伦多主干道央街走向街布道所。十一月的清冷悄然潜入这十月的傍晚。最后一线阳光从金黄色的树梢溜走,我慢慢走在年轻人后头,双手深深插进口袋,摸索残余的温暖。一阵灰暗的寒意从潮湿的人行道渗出。渐浓的暮色里,车辆呼啸而过。这会是个漫长的夜晚。

在这漫长的夜里,我们要完成此行的使命,与他人分享基督的祝福。今夜,我们不像往常一样逃避难堪的痛苦或刻意转移视线，今夜无关我们自身、我们的日程或我们的目的地，难道这不是我们一直以来真正想去的地方——得见神的地方吗？布道所的正门前，有一个男人正站在阴暗处，他有一头浓密蓬乱的灰白头发，此时正回过头来看我。我差点没注意到他，因为我一心顾着孩子们，并努力忽略掉寒冷。我们很容易忘记得到幸福的方法，忘记转换焦点，忘记让恩典的河水继续流淌。眼前的这个人以及他的同伴们是我们前来祝福的对象，我们也领受他们的祝福。我还没走到布道所大门，只见这个身形壮硕的男人离开门口，朝街上的孩子们走去。而他的朋友则留在阴暗的角落里，举着一升装的瓶子大口大口地喝着饮料。我的心揪了起来，担心得绷紧了神经。

马里萨、哈达萨和埃丽卡走在队伍最前头，这群乡村来的孩子挤在一起，双手插进衣袖取暖，等待学生宣教中心的工作人员来接我们，给我们指引。泰勒、丹和 J. D. 靠马路站着，观察着飞驰而过的各种款式的汽车。我听见丹的声音盖过了其他人的："看到那辆小宝马车了吗？好漂亮。"孩子们聊着天，一边说笑一边等待。

我在这个一头乱发的魁梧男人身后几步之遥，见他举起手去摘脸上的面具。他把面具往下一拉，走到孩子们中间。我加紧了脚步。

我在这个人后方，看他两手胡乱比划着手势，一定是在说些什么，但我听不清他的话，他的嘴被面具蒙住了。有一瞬间他转过身来，我才看清那副鲜艳的塑料小丑面具。越过他的肩头，我看见站在布道所门外的孩子们，马里萨慌张的眼神，哈达萨苍白的脸色。我心跳加速，努力要自己牢记：信靠。**无论这里将发生什么，神永远是良善的，我们永远是被爱的。放开手。**

这时我听清他说的一句话。

"你们以为我×××为什么戴这面具？* 啊？为什么？"

哈达萨退后了几步。这男人的声音刺耳，提高嗓门对着这些农场来的孩子大吼。

"我为什么×××会戴这种面具？"

埃丽卡用脚磨蹭着人行道上的一条裂缝。我们没人知道该怎么办，这件事可没有写进行程表。我们永远都不知道给予祝福要付出什么代价。

男人说着把面具从脸上扯了下来，他尖厉的咆哮声刮过我们耳际，我们一个个僵立在原地。

"我×××戴这面具，就为了遮掩情绪。"

他挥舞着手里的彩色假面具。"我在遮掩真实的自己！懂吗？"

我感到心震动了一下，我从没听过有人把话讲得如此坦白。这出人意料的话让我也想举起手来，看看能否撕下自己的面具。

这人接着又说了一些含糊的话，我没能听清，只看到他宽大的肩膀抖动着。埃丽卡抬起头来。泰勒咬着嘴唇。央

---

* 这里×××符号代指省略的脏话。——译者注

街夜晚的空气里充斥着这爆发的呻吟、高声的哀号。

一个赤裸的灵魂正显露出来。

他抽泣着。我只能听清只言片语。“我×××活得糟透了…… 耶稣 …… 救主 …… 需要 …… 懂吗? ××× 实在是……耶稣……主啊……懂吗?”

展露灵魂的他一脸痛苦地从我身边疾步走过,他的眼泪、乱发、双手,风驰电掣一般经过。我们团契里的一位陪护人在他身后柔和地喊道:“耶稣爱你……”

他停下了脚步,侧过身来,努力克制悲伤,稳住声音,找寻刚才对他说话的人。“是啊,他爱我。他也爱你,女士。”

我不明白这一切的意义。一阵狂风吹起他的头发。他吼叫着走开了。我们出现在这个地方,是否带来任何恩典?

布道所的工作人员和我们的司机都来了,我们这群人静了下来,心里仍有些不安。工作人员带我们走进布道所。那个男人又出现在门边,手里依然拿着面具。

他的话尚未讲完。

他的目光绝望地游移。他身旁的朋友仍在大口喝着饮料。这故事还没结束,他有说错的话,还有我们没听懂的部分。我端详他的脸,解读他的眼神,那眼神默默地恳求道:“你们有时间好好听我说吗?”街上的车辆飕飕驶过。是的,我们有时间。时间若不用来祝福,还有什么意义呢?

“唉,对不起了,好吗?”这人大叫着说,“我有毛病,懂吗?我有点——躁郁症。”

他朋友喷出了嘴里的饮料,嘲弄道:“你没啥躁郁症。”他涂鸦一般把这句话抹在渐渐降临的夜色里。朋友的嘲笑并没有堵上这个男人的嘴。他必须对我们这一行人说些话，无论他真正的想法是什么。

“喂，我×××一团糟。看看我！”他走到孩子们中间，有些孩子别过头去不看他。“看看我！”他的愤怒震慑了我们，摇醒了困倦和沉睡的人，提醒我们正视此行真正的目的，真正打开了我们的灵魂使我们去**观看**，而这景象令人害怕。

他的鼻子是扭曲的，应该是断裂过再长起来，完全长歪了。他的嘴里仅剩几颗黑黄的牙齿，他的皮肤坑坑洼洼、红通通的，他的眼睛长得像我的一个童年好友。他看起来和我年龄相仿。

“我×××是个弱智。吸可卡因把我脑袋烧坏了，懂吗？这儿装了个起搏器。”他拍打着胸口。“就在那里吸的，吸多了。”他抬手朝一条小巷指了指，“后来他们找了五个钟头才找到我。别吸毒，懂吗？”他目光如炬，扫视着这些乡村孩子的脸庞。“别×××搞得和我一样。要爱你们的爸妈，因为他们爱你们，懂吗？”他压抑着情绪。我也是。

我好奇他的父母在哪里，他们是否知道他在这儿变成了这副模样，他们是否关心他正遭受这痛楚的折磨。我关心他，我觉得我关心。面对这黯淡的痛苦，该怎么办？该怎么包扎这些血淋淋的伤口，怎么成为医治的恩典，去挽救这“烧坏的脑袋”里支离破碎的灵魂？我把手塞进口袋深处。在这无家可归的人面前，我感到自己一无所有，真正能给他的只有祷告。他把手伸进背包里翻找着什么。他想干什么？他想干什么?

我的手臂僵硬了,双手已经塞到了口袋底部。孩子们面面相觑。在这没有剧本的人生里,没有人知道这个晚上接下来会发生什么。

他挺直了身子,手里拿出了一样东西。他把那东西塞给了埃丽卡。

那是一本破旧的圣经,一本免费派发的基甸圣经。

“把《罗马书》第七到第八章读出来。”他指了指脏兮兮的封面。

在城市喧哗的车水马龙边,我几乎听不到他说的话。

“大声点。让他们听见!”

随后传来埃丽卡的声音。她熟知这些话以及写这些话的人,因而很平静。

“……因为我所作的,我自己不明白。我所愿意的……”

一个低沉的声音也响了起来。

是那男人的声音。他咕哝着背诵经文,眼里透出敏锐的光,一只手随埃丽卡念出的每一个词打着节拍。“……但我所恨恶的……”

他那双满是污垢的手仿佛在指挥一支管弦乐队演奏他人生的乐章,经文里回荡着他的破碎。身边穿梭的车辆渐渐消失不见,夜幕裹着寒冷降临。我的内心平静而专注,将这幅画面、这个男人人生舞台上的这一幕留在脑海。自欺的慰藉灼伤了他的头脑,而他却了解经文,圣经根深蒂固地烙印在更深处。他双手的指甲肮脏不堪。

“……我也知道在我里头，就是我肉体之中，没有良善。”有些词他背得含糊，磕磕巴巴。埃丽卡继续朗读，他挥动一只手标记着每一个词，他的声音也在附和她：“因为立志为善由得我，只是行出来由不得我。”

他整个身体都随着古老经文的韵律晃动起来，仿佛用肉体发出了呼喊。他朝我这边转过身来，我注视着他噙满泪水、饱含恳求的双眼。“……**我真是苦啊！**”

他像撕去外皮一般摘掉了自己的面具。他的这些话说出了他的本质，同样也是我们的本质。眼前是一个冰冷而赤裸的灵魂的外壳。我能否用眼神拥抱他？

我记得这一章经文的最后几行，因为也说出了我的心声，于是我和他们一起背诵：“谁能救我脱离这取死的身体呢？感谢神！靠着我们的主耶稣基督就能脱离了。”

**恩典**。

工作人员上前小声与他交谈，我们一行人便脱身拥入了布道所。他帮我们扶着门。我是最后一个经过他身边的。

我不禁又转头看他。与他相对而视，我感觉不到恐慌，也没有焦虑来袭。他的眼睛在哀求，沙哑的声音恳切地问道：“这次我做对了吗？”

我心里的防备被打破了。

**我做了自己渴望去做的善事吗？**

**我可曾祝福？**

**我正在祝福吗？**

我们四目交接，周遭的世界渐渐远去。我知道。**我知**

**道，这就是喜乐**。

我说出感恩，这是我唯一能唤起的话语。

“谢谢。”

我缓缓吐出这两个字，希望它们能渗进他心里。这个潦倒之人如此渴盼祝福别人，我就是他，他也是我，面具后面的我们是一样的。我们只能在接受的、给予的或是受伤的祝福中找到喜乐。

我微笑着对他点了点头，不知哪儿来的勇气使我又缓慢而坚定地道了一次谢，好让他确实听见。

他受了伤，而他给予别人祝福。

“**谢谢**。”

我们的眼神彼此拥抱。

在央街，我们践行了感恩。

在这多伦多的街角，他祈求恩典。

**使自己成为祝福的恩典**。

在这多伦多的街角，我活得更像自己的名字。

～

他的脸孔、他的声音和他的故事浸透了我的心。后来当我翻开圣经读到耶稣最后的晚餐时，我再一次成为了他，央街上的这个不驯之人。他卸下所有人的面具，吼出我们共同的呼喊，我们不仅想接受祝福，**也想成为别人的祝福**。

雪花纷飞，窗台上的朱顶红盛开了。生命在冬天柔软地萌芽。我读着经文：

吃晚饭的时候……就离席站起来脱了衣服，拿一条手巾束腰。随后把水倒在盆里，就洗门徒的脚，并用自己所束的手巾擦干……

耶稣洗完了他们的脚，就穿上衣服，又坐下，对他们说："我向你们所作的，你们明白吗？你们称呼我夫子，称呼我主，你们说的不错，我本来是。我是你们的主，你们的夫子，尚且洗你们的脚，你们也当彼此洗脚。我给你们作了榜样，叫你们照着我向你们所做的去做……"(《约翰福音》13：2、4、12—15)

耶稣即将被钉子刺穿身体，他因遭弃绝而心碎，用舍命流血的爱打破锁链。在他离开人世前的最后几个小时，他没有跑去买什么东西，也没有赶飞机去看什么风景，他只是拿一条手巾束腰，跪地轻轻抬起遗弃他之人的双脚，洗去他们脚上的尘垢。

这是情深意重的感恩，触及身体与灵魂的感恩：双手、双膝与双脚都浸没于恩典中。

这最终将决定我们的人生是否丰盛而有意义，在所有表象背后，我们每一个人都渴望度过这样的人生：**成为他人的祝福**，以表达对祝福的感恩。

感恩是为恩典献上感谢。然而耶稣擘饼分给门徒、为他们洗脚，清楚地证明了感恩有更多的意义：**它也是分享恩典**。感恩是开放接受恩典的手，而后怀着感谢将饼擘开，来到更广阔的生命循环，用恩典为世界洗净双足。没有擘饼分享，没有为他人洗脚，感恩是不完整的。圣餐礼只有通过**服侍**才完整，它必然会引领我们与他人共享。

经历了央街的那一晚，我才彻底明白这个道理：感恩意味着"给予感谢"，**给予**是个动词，是我们所做的事。神要我以**行动**感恩，**分享感谢**。要真正地**活出**感恩，领受祝福，也使我们的生命本身成为祝福。

我是蒙福的。我**也能**祝福。**想象一下！**我竟也可以让他使**我**成为恩典！

我可以**成为**喜乐！

我刷着锅子，傻傻地笑了：在这里清洗餐具也是"洗脚"，是一种服侍。我的心可以随时随地与神相交，我的手可以践行感恩！龙头里的水温热地流过我的双手，我冲洗锅子，周遭的世界也亮了起来。基督传道起始于在迦拿的婚宴上将水变作酒的神迹，他离世前的传道终结于最后的晚餐，他喝完酒后回到水盆边，用水帮门徒洗脚。

永远如此：感恩总是先于神迹。

这也是他行的神迹：将生命变成祝福。

我用钢丝球拼命刷着锅子里顽固的污渍，这时又想起自己曾读过"liturgy"（礼拜仪式）一词的由来。"liturgy"源自希腊词 *leitourgia*，意指"公共事务"或"公仆"。这令我豁然开朗！洗碗、做家务，这样的日常生活可能有了全新的意义。例行公事的生活是一种服务——即便只是刷锅子，只要向神而活，世俗的琐事也会变成圣餐礼。**我可以成为祝福，活出**

**圣餐礼的意义！**我一边刷洗锅子，一边轻声唱着："这是我为你献上的感恩之歌……"

唱出这句歌词，把手上的工作视为感恩向神献上，与此同时神迹便发生了，一如既往。服侍若是为人而作，会让我们精疲力竭，深感沮丧。正如多萝西·塞耶斯所言："每当人成为事情的核心，他也就成了风暴中心。一旦你认为服侍的是人，就会开始觉得别人因你的劳苦而对你有所亏欠……你会期待回报，谋求掌声。"[②]

的确如此，如果洗衣服是为了六个孩子，我就觉得自己应当受到感激，于是烦恼的风暴袭来，闪电击碎了喜乐。然而当基督成为事情的核心，当洗碗、洗衣、做家务都成为我对他的感恩之歌时，喜乐的甘霖便从天而降。热心服事基督就使我们成为所有人忠心的仆人。心灵之眼注视着神，双手永远只为耶稣洗脚——身体筋骨便会唱出喜乐，工作也会回归最纯粹的状态，即感恩。工作变成了敬拜，变成了感恩的仪式。

"我们所做的工作只是以行动表达对耶稣的爱。"特蕾莎修女这样写道，"如果我们为此祈祷……**如果我们向着耶稣、为了耶稣作工，与耶稣一同作工**……这将使我们感到满足。"[③]

**这将使我们感到满足**——深刻而令人满足的喜乐永远来自接触基督，无论他以何种面貌来到我们面前。

我想要得到满足和真正的喜乐，想通过服侍接触基督，我寻求他。我们家人邀请一位遭受家暴的年轻女士来家里同住了一季。我写字出书，一年四次将写作收入捐给非洲，资助他们建诊所、买牲口、掘井等等。我们去养老院将祝福带给长辈们。十年来，我们一家八口从不交换圣诞礼物，而是把缝纫机、鸡、大衣、食物连同希望都送给世界大家庭里需要帮助的人。我们通过救济组织助养儿童，写信与他们分享生活。我支持基督教儿童发展组织国际希爱会（Compassion International），并呼吁更多人助养儿童。我们一家人骑上自行车，参加“济难骑行”（Ride for Refugees）活动，为全世界流离失所的家庭募款并提升社会对他们的关注度。我的孩子们因为分享生命，常常笑容洋溢，沉浸在幸福中。我感受到这欢笑在生命中蔓延。

～

基督徒的双手绝不会紧握不放，
神给予恩典并非为了使某人获利，
因为恩典永远都是恩典——
永远都是被赐予的。

～

在恩典的无尽循环中，神给我们恩典，要我们服事世界。这是让生命伟大的方法，感恩使我们走上正道：“你们中间谁愿为大，就必作你们的用人；谁愿为首，就必作你们的仆人”

(《马太福音》20：26—27)。

窗外,所有造物皆循此途。枫树叶慷慨地释放氧气,云朵在天空孕育祝福的雨露,田地的土壤奉献出产。他所造的世界怀着感恩在喜乐中搏动:“施比受更为有福”(《使徒行传》20：35)。

这也是耶稣选择的道路。“正如人子来,不是要受人的服侍,乃是要服侍人,并且要舍命,作多人的赎价”(《马太福音》20：28)。

而真相很奇妙,当我服侍基督时,其实是他在服侍我。耶稣基督依然腰束一条手巾,屈身服侍他的子民……自然也服侍我。我服侍时,从不是凭借一己之力。耶稣基督来到世上,“并不是要受人的服侍,乃是要服侍人,并且要舍命,作多人的赎价”(《马可福音》10：45)。他必将再临,“自己束上带,进前伺候他们”(《路加福音》12：37)。直至今日他仍信实地服侍,我们可以说:“主是帮助我的”(《希伯来书》13：6)。

曾有一个月,我们一家人每天聚在一起读《以赛亚书》第五十八章,其中的经文让我们铭记不忘:

你心若向饥饿的人发怜悯,
使困苦的人得满足,
你的光就必在黑暗中发现,
你的幽暗必变如正午。
耶和华也必时常引导你,
在干旱之地,

使你心满意足，骨头强壮。
你必像浇灌的园子，
又像水流不绝的泉源。
（《以赛亚书》58：10—11）

这是神经世之道根本的、慷慨的、自然的本质。

虚己以待。

魔鬼会用谎言不断误导我们。但我们乃是按照神的形象所造，逐渐长成基督的样式，我们的喜乐并非来自得到，而是来自给予。为众人的生命分享你的生命，为倍增祝福分享你的祝福。施与，祝福必加增，并只因神的爱去做这一切。我可以祝福，可以付出，可以受伤，可以与家人及世界分享，我从不惧怕祝福不足以分享。感恩已教我相信，神的预备永远足够。他永无止境。他要我们服侍，我们服侍的是他，但当我们这样做时，神也屈膝服侍我们。乐于侍奉的人绝不会独行。为众人的生命投入你热情而美丽的一生，神对你的赏报必定超越你所奉献的。神将我们付出的一切慷慨报偿，并非用这世间的财富，而是回报我们所向往的：**在他里面的喜乐**。

初春，我再次开车来到央街，上一次街边落叶的行道树如今又萌发新芽。我开进城里，车窗外下着雨，雨刮器来回摇摆着。我要去罗伯塔·弗赖尔家参加一个女性小组聚会。这是三位老太太的家，她们家门前的信箱上挂着一块“泰国三人组”的牌子。她们三个人一生在泰国传教，成为了别人的祝福。组员们在罗伯塔家门前见面，彼此拥抱。南希·马丁为我代祷多年，把我当作自己的女儿。她会做传统口味的甜甜圈，淋上蜂蜜，可口诱人。安·彼得森和安·范登布高总共领养了十八个孩子。她们两个微笑着点头。我在桌边坐下，这下我们到齐了，名叫“安”的三人组，渴求充满恩典。外面雨越下越大了。我们和埃菲·斯特鲁伊克、玛丽·库克围成一圈，共同领圣餐。我领过圣饼，低头祷告。擘开饼时，我想起耶稣为我们舍的身体和破碎的心。神的爱随泪水流下。我把饼递给姐妹们。我们静默了好久，深受感动。

然后，我安静地在水盆里装满了温水。

我们围成一个圈，彼此交流分享。我和主内姐妹们纷纷露出了脚趾和脚底，弯腰把手浸入水盆，腼腆地触碰彼此的肌肤，互相清洗双脚。我们轻轻拍打着水，我抬起一位姐妹的脚跟，温和地为她洗脚。作为小组长，我请在场的每一个人思考洗脚之于我们生命的象征意义，思考我们如何被呼召在服侍中完成圣餐礼。静谧的屋子里，我抬头看着那位姐妹的脸，轻声问道：“你在日常生活里有没有感觉自己受人服侍？我们这个小组可以怎样更好地服侍你呢？”

她是八个孩子的母亲，是一位长老的妻子，也是儿童事工负责人，穷其一生为他人付出心血。她有些激动又略带迟疑地低声说道：“我才需要问，自己有没有成为别人的祝福。”

这似曾相识的话，我在央街上听过。

“可是你——**噢，你给的祝福太多了**。”我用温水洗着她的脚趾，手指间沾满了水珠。我叙述起她对我无微不至的亲切祝福："你带我去树林散步那天，倾听了我信心的软弱。你对我讲了无数鼓励的话，伸出了友谊的援手。"我拿起布来擦拭她的脚跟，"你对我那么真挚，坦率而诚实，我们同为母亲，情同姐妹，还曾一起流泪。"我望着她的脸，手上捧着她润湿的双脚，激动得嘴唇不停颤抖。姐妹们为彼此洗脚，回想互相成为祝福的经历，屋子里满溢感动。我们揭下面具，喜悦的泪水洗刷着脸庞。手握姐妹滴着水的双脚，我明白了，是我们存在于彼此生命之中，才使我们成为神的恩典。**不因我们的作为**，只因我们的存在，我们就成了蒙神所爱的人。我们**成为**神所爱之人，也祝福着其他蒙神所爱的人。

亚伯拉罕的神就是央街的神，也是我们这些俯身于水盆边的姐妹的神，他以应许回应我们对丰盛生命的祈求："**我必**赐福给你……**你也要叫别人得福**"(《创世记》12：2，着重字为作者所加)。

我走上雨中的街道，恩典的雨露降落在四周。开车回家的路上，我想到小叔约翰。约翰送走了他的两个儿子，他让我了解如何治愈这悲痛，他说："走出痛苦的方法，就是对其他痛苦的人伸出援手。"我了解痛苦的滋味。成为别人的祝福，也是对自己深刻的祝福，这就是神为我们包扎伤口的方法。

虚己以待。

我从家后门走进屋子，烛光依然闪烁着。我把钥匙挂好，环顾门厅里堆积如山的脏衣服、四散的鞋子，还有一件掉落在地的大衣。门厅的水槽污迹斑斑，水槽镜子上满是指印。我为这幸福的惊喜笑了起来。在这飘雨的午后，我用灿烂的欢笑为日常的混乱献上感谢，因为这又给了我机会全心服侍神，用口、手和心灵表达深厚的感恩。我又可以将每一件工作视作恩典数算，献上纯粹的感恩。这是**恩典**！这数以千计的工作，每一件都给我们机会使自身**成为**恩典，**数不尽的机会**！无尽的工作都使我成为神的恩典，成为无数人的祝福，因为这是在服侍众人，是每日的感恩仪式，是通过服侍完成的圣餐礼。

感恩使我睁开双眼，经历了感恩的练习，我这六个孩子的母亲对泰戈尔的话点头称是："我睡去，梦见生活是喜乐。我醒来，发现生活是服侍。我践行而后领会，**服侍就是喜乐**。"④

我伸手去触碰脏兮兮的镜子里的身影，看着自己的眼睛轻声说道："是的，今天，是的，**你又可以给予祝福了**！你可以在这里表达感恩，你可以成为水流，汇入救赎世界的恩典之河！"

我可以成为祝福，以我渺小的生命使喜乐倍增，让广阔的世界变得更美好。

神可以进入我心，让我变得平和，使用我的手脚传递他的爱。他的爱绵延不断，直到永远，是恩典的无尽循环。

我正接近与神共融(communion)的奇迹。

· 第十一章 ·

# 与神亲近的喜乐

我认为，我们乐意赞美自己喜爱的事物，是因为赞美不仅表达了喜爱，也让喜爱得以完全；它是神所预定的完满。

——C.S.路易斯(C.S. Lewis)

我飞往巴黎，在那里发现了与神建立爱的关系的方法。

那是之后的六月，六月的巴黎。我一直感觉心里萌生出什么来，但当时的我又怎会知道这萌生的爱究竟有何意义？那是六月，麦穗满布田野，无边无际。

我的朋友琳达——就是那个在十八个月前挑战我写下一千个恩典的人——她初夏在巴黎租了一间公寓，已经住了六个星期。那间公寓就在塞纳河畔、罗浮宫对面，沿着河可以走到巴黎圣母院。我真的想去和她同住一个星期吗？

我这个患有广场恐惧症的农妇，毕生都在和恐惧较力，我能飞去巴黎吗？我能独自一人飞往陌生国度，和一个只在电话里听过声音的女人共处一周吗？我的姐妹犹疑地笑了。我母亲则挑起了眉毛，说道："你可能一辈子都不会再有机会去巴黎看看了，安。我们没事的。去吧！"丈夫笑着眨了眨眼，也叫我去。可是如果我恐慌症发作怎么办？如果我在近四千英里外的地方，和这里的某个人失去联系怎么办？如果飞机坠毁怎么办？我不知道待在巴黎的七天会发生些什么，这才是我真正担心的。

然而这不正是拥有丰盛生活的机会吗？

数算一千个乃至无数个恩典，信赖感恩的力量，仍未使我灵魂深处的创伤得到医治吗？我还不能在平安中展翅高飞吗？还不能在发现恩典时热切颂赞吗？

风吹过田野，麦穗呢喃细语，絮絮地说着"去吧，去吧"。于是我去了巴黎。

出发那天，六个亲爱的孩子站在枫树下，身材挺拔、轮廓分明的丈夫站在他们身后，用平常牵我的那只手抱着我们最小的孩子。他们一起挥着手，仿佛风中飘扬的旗帜。他们海蓝色的眼眸印在我的脑海中，我将带着这记忆飞越大西洋。我在后视镜里久久回望他们，我的健忘已被治愈，我深深记得感恩教导我信靠。我离开了麦田，离开了丈夫和六个孩子。谦卑地放手有上千种方式。

我手上捧着袖珍版圣经候机，等待登上 TS788 航班，那架飞机将带我离开孩子们遍布雀斑的脸庞、他们的鬈发和翘起的乱发。主啊，**能否给我一些话语，帮助我撑过这段旅程？**

我需要得到几节经文来镇定紧张的神经，我的五脏六腑在翻腾，剧烈的恐慌使我血流加速，几乎要发出尖叫："我到底在想什么啊?"我的脑海里浮现出飞机爆炸、乘客死亡的画面，在我身边有一个男人，留着胡茬，长长的头发遮住了眼睛。他抱着吉他，弹着优美的旋律。**主啊——是诗人之歌吗?** 是大卫为心神不宁的扫罗所弹的乐曲吗？这应该有用。我靠在椅背上翻阅圣经，沉浸于抚慰人心的乐曲和神圣的弦外之音。头发蓬乱的牧羊人站起身来，把吉他盒背上肩头，我们目光交接。我轻声说："谢谢。"他接受了我的感谢。

我登上了飞机，深呼吸，扣上安全带，低下头来轻声感谢从未离开我的神。在献上感谢的同时，不可能还会感到惧怕。这是我每天都试图放在摊开的手掌上的抗焦虑药。**神啊，感谢你赐我惊喜之歌**。

飞机起飞了，我安然蜷缩在神里面。

一两个小时的黑暗过后，飞机短暂中转停留，接着又是漫长黑夜，直到我看见舷窗外透出光亮：格陵兰上空升起一轮红日，倾斜的世界也染得绯红。我们飞入光明，与黑暗脱离。我把脸颊贴在冷冰冰的窗玻璃上，想一睹旭日喷薄的地平线全貌。喜乐炽烈地燃烧，在机翼和嗡嗡作响的螺旋桨之上，在距离地面四万英尺的高空，我听见神唱着歌唤醒世界。他正欢呼！我不敢相信他唱着这样的歌！"他在你中间必因你欢欣喜乐，默然爱你，且因你喜乐而欢呼"(《西番雅书》3：17)。

他唱着爱！在世界的上空，我**看见**了这歌声，热烈的音符正闪耀着色彩。世界的轮廓熊熊燃烧，空中那颗红宝石撬开了白昼。我看见：爱是宇宙中心的那张脸，是神圣的微笑，是愿为亲近神而献出生命的圣洁。阳光、海浪、大地与天空炽热和鸣，神柔声唱道："我是如何爱你？"

让我逐一细数。

孩子们雀斑点点的鼻子随笑容皱起

飞越黑暗（我们飞！）进入美妙光辉

靠窗的座位和懂得欣赏的双眼

我心怀感恩，跟随他乐曲的节奏，一一数算。他不住地唱着情歌，这是绵长的思慕之歌。他唱的可是**对我**的爱？

这许多恩典难道还有别的意义？

虽然有些难以置信，可直到感恩驱使我亲手写下恩典，直到它改变了我的想法，让我看见生活细节中的恩典，我才真正明白神对我的爱。他的歌声伴随每一个恩典而来："因我看你为宝为尊，又因我爱你"（《以赛亚书》43：4）。"惟有你们是被拣选的族类……是属神的子民"（《彼得前书》2：9）。

我害怕吗？我会恐惧神不靠近我、不深切关爱我、不温柔看顾我吗？我会担心他不让我看见这日出将爱如血液般洒向世界吗？这多么荒唐！看他的爱在水面上鲜红挥洒，谱成乐曲，编排光线使海洋荡漾闪烁的五线谱，让天空的色彩渐次变化，奏出光明的音阶。此刻的一切，全是为我们而唱！

他拣选了我，拣选了我们，成为他的新娘！诚然，这是基督徒生活的认知前提，但只有当我们不把恩赐视作结果，而是透过它凝视神的心意时，这个前提才能内化，我们才能体会神的拣选是全然热忱的，**是使我们完全满足的**。

这无尽的恩典之河是一种新的声音，是我不曾理解的声音。他所唱的这曲情歌对立于我生活的主题曲——我熟知的遗弃之歌。我在心里反复播放的这指责批评的歌曲，早在小学三年级我就学会了其中的歌词。当我在冰上滑倒、溜冰鞋摔掉飞走，我从挤作一团哄堂大笑的男孩那里学到这首歌。当城里搬来的时髦姑娘嘲笑我从旧货店买来的衬衫，我从她那里学到这首歌。每一次的评价、判断、鉴定、打分，我从批评的眼光里学到这首歌。失败的沉重节奏、失望的隆隆低音，都在我的岁月里流动。我念出歌词，对自己唱着这首歌，将丑陋的乐谱记在心头，它们已占据我的心。多年来，我尝试过药物、刀片、工作、逃避，试图用各种方法淹没这不绝于耳的自暴自弃的乐声，却无济于事，徒留苦涩的虚空。

然而在这黑暗水域上空的飞机上，我听得一清二楚：能抹去自暴自弃之声的，只有神的小夜曲。一千个恩典使我转变，跟随这情歌的节拍。恰如 C. S. 路易斯所说：最根本的，不是**我们如何看待神**，而是**神如何看待我们**——“神如何看待我们不仅更为重要，而且无比重要。”[①]多年的门徒训练、圣经研读和聚会礼拜都是**关于**我如何看待神；练习感恩让我真正开始思量神是如何**看待我的**——这毫无缘由、不懈追逐的爱如此强大。万事万物中都是他的爱！

感恩使我意识到神奉献自己，怀着毫无保留、毫不遮掩的热爱。神为了我，**对我**奉献他自己，让我顺服于他的爱。“感恩能最有效地加深你的认识，使你明白自己是……神的拣选”，卢云神父这样写道。[2]神的拣选！他挑选了自己的孩子，让他们**完整地**去生活，活出最丰盛的生命：充满惊奇的感恩、充满敬畏的喜乐、飞翔与自由。打开一千件礼物的感恩训练也让我揭开了神的心意：**我拣选了你。真正地生活吧！**在格陵兰上空，我听见了他的心跳，那水晶般透明的歌声——耶和华说：“我曾爱你们”（《玛拉基书》1：2），“我以永远的爱爱你，因此我以慈爱吸引你”（《耶利米书》31：3）。

神以一千种方式求爱。

我以一千种方式爱上神。

在爱里不是始终意味着丰盛的生命吗？

我怎能知道这爱真正的意义？

飞机开始降落，我透过窗子看到大片麦田，它们也在这里挥着手欢迎我。我深吸一口气，笑了起来。**这是恩典**。

着陆后，我到行李区等待，心里只有一个念头：我爱上了神。爱让我充满生气。我把一绺散开的头发束到耳后；耳畔响着心跳声。

在机场、在街上，人们的说话声奇异而陌生，充满了异国他乡的距离感。我听不懂，也无法回应。人潮涌动，推着我往前走。无论我走到哪里，都有神的声音陪伴，他对我轻声诉说新的言语，传达着爱，敦促着我**回应**。

琳达穿着黑色毛衣，微笑温暖人心。她在混乱的人群中找到了我，然后开出一条路来，接我回到她的公寓。我搭乘飞越大西洋的红眼航班朝着初升的旭日航行，已经三十六个小时没有合眼，但是当她问我想不想去市中心逛逛时，我点头说，**想！** 我们把行李放到阁楼的床上，随后便来到法国传统意义上的中心点——巴黎圣母院庭院石子路上标记的巴黎零点。栖息在圣母院塔楼上的滴水石兽注视着我们。在查理曼大帝骑马塑像附近，有几位巴黎老人坐在尖塔阴影下，看着人潮川流不息。我们脚下是一座罗马建筑的遗迹，那是掩埋已久的中世纪道路上的石块，它们在公元497年曾是一堵未能抵挡法兰克人入侵而倒塌的墙。脚蹬耐克跑鞋和黑色漆皮高跟鞋的游客，一齐顺着楼梯走向圣母院下面一百码的地下室。然而，圣母院敞开的大门正召唤着我。

雕刻华丽的宏伟大门正张开双臂，迎接像我这样的疲倦之人。即使在游客人声鼎沸的庭院里，我依旧能听见神的歌声，一整天无论走到何处都能听见的那支歌曲。我和琳达穿过人群，来到门前。

中央的门洞上刻有登上宝座的基督雕像。我在人群里伸长了脖子，看到身穿白袍的唱诗班飘逸地站在正殿里，气氛古老而神圣。唱诗班后方有三面彩绘玻璃，暗红、宝蓝，五光十色如万花筒一般，反射的光线冲破了黑暗，闪闪烁烁。我看见这首歌正洋溢在拱顶之下。

唱诗班的歌声附和着神的情歌。

在高处，音符与灵魂交融。

随着曲调升高，诗班成员们低下了头。我和琳达挪了挪位置，更清楚地看见了教堂里的光。在我们身后，一辆游览车隆隆驶过街头，孩子们在车上讲着电话。我们四周满是亮着图像和文字信息的屏幕，相机闪光灯也明灭不停。在十字形圣母院的中心交叉点——那是巴黎的中心，也是我的中心——有一张祭坛桌，我看见了它，呼吸在胸口停滞。

饼和酒。

桌上摆满金色的圣餐盘和圣餐杯，盛着饼和酒。

他们吃的时候，耶稣拿起饼来，祝福，就擘开……（《马太福音》26：26）

我环绕这颗旋转的星球飞行了多少英里，现在神再次向我揭示了什么？那举足轻重的进入他里面的第一步、他不停呼召我去做的事是什么？我已经离开农场，离开我狭小的世界，坐飞机在深海上空航行一整夜，来到法国的浪漫之都巴黎旅行，这里还属于所谓死前必去的一千个地方，而神对我说的话和他在农场上说的**一模一样**，一年半以来他不断对我说。神时时处处说着同样的话？

感恩。

正殿里的圣餐杯被高高举起，我的法语已经荒疏，听不太懂他们的话，但我懂得那人人理解的语调、那通用的语言——我们将永远在天国里说的语言，可以在这里开始学习它：感恩，感恩，**始终是感恩**。

我知道这爱真正的意义吗？

我的目光循着头顶的花岗岩石拱望去，那里刻着一双合掌为世人灵魂祷告的手。我想到那些先人，中世纪的农民用双手雕凿我们上方的这块石头。我想到从前的那些信徒，他们找到道路走进丰盛生命，走进神里面，成为与神亲近的楷模。我仰头向圣母院尖顶望去，思索着曾有多少代人奉献生命建造这座宏伟教堂，试图寻找道路。他们认为要与神合一，只能通过这三个步骤：炼净，开悟，联合。我自身通往丰盛生命的旅程，与建造和进入这座教堂的古人所走的朝圣之路是否相同？

在古人的观念里，炼净是走向与神联合的丰盛生命的第一步。一个人在意识到自己与神相隔的深渊之后，祈求神的帮助来炼净灵魂的自我意志。对我而言也是一样，感恩使我渐渐放慢脚步、张开双手，炼净我掌控一切的欲望。随着我领受每一种恩典并献上感谢，我放下了自我意志，接受神的旨意。而我的净化——这种释放罪恶与自我的过程，并非出于我的意愿或努力，它是**基督**的作为，是无限的恩典。无穷的恩典将我引向充满荣耀的基督，我可以将自我倒空。

我倒空自己，好让自己被恩典充满，**活得丰盛**。

古人说，开悟是通往与神联合的丰盛生命的第二步。寻找的人就寻见。古人所称的属天的洞察力能吸引一个人更亲近神。于我而言，感恩正是这样一种洞察力，它打开我的双眼，使我领悟信仰的本质即是看待世界的方式。一千件礼物已让我意识到神无所不在，而更重要、也更艰难的是，活出感恩、活在感恩里，这使我时刻对神的存在保持清醒。我自身的一切毫无价值，我归于神的一切才至关重要——我的双眼可以看见在万物中都**闪烁着**基督的荣耀。

我长满眼睛，透过生命的玻璃看见神。

中世纪的基督徒认为，联合是渴求丰盛生命的最后一步，也是达到圆满境地的一步，只有最虔诚的人才能完成这神秘的合一。**联合**。可是，不是所有真基督徒、所有虔敬寻找的人在悔改之初就已与死而复活的基督**成为一体**了吗？联合其实永远都是基督徒旅程的第一步。而对恩上加恩的注视将我们引向更深的联合，让我们的皮肤与血脉能体验到，我们在灵魂深处能感受到，让我们更充分地与基督相交。

无尽的感恩为我打开了通往丰盛生命的道路。从初始的合一直至亲密的共融——虽说它并非修道士、苦行者、牧师和传教士专属的道路，但是我这个每天洗菜的家庭主妇、劳伦斯弟兄的姐妹，我也能得到丰盛的生命，也能与完美的神有完整的交通吗？“要成为圣徒就是要让自己被感恩燃烧，无他。”罗纳德·罗尔海泽写道。[③]

我不曾想过，数算一千个恩典会让我踏上延绵千年的转变之旅。这真的会让原本两手空空、握紧双拳的我得蒙恩典，变得充满生气，与神完全合一吗？我是否知道其真正意义为何？

一只鸽子振翅降落在塔楼上，毫不畏惧那些张开大嘴的滴水石兽。我的目光落在西边门洞的拱座上，那里雕刻着五个聪明的童女和五个愚拙的童女。我会成为一个翘首等待、渴慕与新郎联合的童女吗？站在这哥特式的门拱下，我心里涌起一股感觉……我记得这种感觉。我奔跑的那夜围裙翻飞，那夜的光芒和微风，还有那一轮满月，我记得当时的渴望，渴望与美相融。那么现在呢？我的灵魂如此丑陋，真的能够与全然纯洁的他相融吗？我紧紧攥着裙裾的侧边，和琳达一起在六月和煦的晨曦中沿塞纳河前行。

我不敢肯定自己渴慕与神合一。

我们经过排列在塞纳河畔的书摊，游客在摊位边浏览着整排整排的旧书、铅笔素描和褪色的版画。情侣牵手漫步。巴黎随处都是恋人们的身影。我脑中只有一个念头：真正的共融令人害怕。当无限圣洁的神邀请我们与他联合，谁不会畏缩呢？我极度赞同沃尔特·布鲁格曼的话，他确切概括了我的感想："这样的配偶令我们受宠若惊。我们认为过于冒险，不由得惶惶不安，宁可接受较为轻易、不那么强大的结合。然而我们无可避免地意识到，只有这种强大的结合才能给我们生命。"[4]是的，作神的配偶令我惶恐，我的灵与肉太过丑陋污秽、太过……**卑微**，配不上神的求爱。而神却毫不保留地挥霍他爱的宝藏，我固然相信他的爱，但内心仍担忧得想逃跑。然而我无处可逃。**只有**这种强大的结合能赐我丰盛的生命：圣洁的合一。我是否知道它的意义？

周一的黎明来临。马扎林大街传来高跟鞋轻踩石子路的嗒嗒声。教堂圣钟吟诵着黎明之诗。这钟声是从圣塞味利(Saint-Séverin)教堂的钟楼传来的吗？那里的圣钟铸造于1412年。**他**的歌声从不会停止，不是吗？我打起精神，拿出圣经来。

“但与主联合的，便是与主成为一灵”，《哥林多前书》第六章第十七节写道。我伸手触摸阁楼床上方的横梁，几百年前曾有双手将它们砍劈而成。我听见了神的声音，他正呼唤着我的回应，他呼唤着合一。**共融**。

耶稣说，除了完全的联合，再没有别的拾起信心的路：“我在父里面，你们在我里面，我也在你们里面。”（《约翰福音》14：20）我平静下来，思索着我在基督里面，他也在我里面。他是细语的风，我是叶，他吹动，我颤抖：“你们要常在我里面，我也常在你们里面。”（《约翰福音》15：4）他呼召我成为枝子，常在真葡萄树上——圣经中象征喜乐、欢庆……**丰盛**的葡萄树。他呼召我来为合一庆祝，在他里面，因他而结出生命饱满的果子。

六月乘着微风明媚地飘进窗户，我清楚地看见：在与神爱的关系之外，没有真正的真实，也没有丰盛的生命，因为神将自己永恒地置于这关系中：圣父、圣子与圣灵存在于爱的关系中，这最甜蜜的共融回旋起舞。神就是爱——神的爱在**万事万物**中！神就是爱，因为他存在于三位一体的**关系**中。在我拥有呼吸以前，在地球开始转动以前，神性中的爱已经运转，“创立世界以前”（《约翰福音》17：24），圣父已经爱圣子。当我与基督合而为一，我也被慷慨施与这父对子的爱。**因着合一，这爱也成了对我的爱、对我们的爱**！我既然已认基督为救主，就不能因为自己缺乏信心、不适和漠不关心而忽视他的歌声。神就是爱的关系，他邀请我们进入爱的关系。如果没有爱的关系，我们和神就没有联系。

我听见巴黎正渐渐苏醒。

汽车在孔蒂码头奔驰，自行车轮呼呼旋转，街上门户开合。我躺在床上思索。邀请我们与爱共融，是不是接近保罗所说的奥秘？“人要离开父母，与妻子连合，二人成为一体。这是极大的奥秘，但我是指着基督和教会说的。”（《以弗所书》5：31—32）基督和教会，两者合为一体——这浪漫的奥秘。神的气息吹拂脸庞，圣灵触碰灵魂，彼此长久拥抱，彼此进入，相互包容——这是神对我们每个人的要求吗？

这是得到丰盛生命的最大挑战吗？

我后来读到新教改革家约翰·加尔文的话，对这奥秘的意义又有了新的思考：“圣经常启示，神是我们的丈夫。他接纳我们进入教会的怀抱，使我们与他联结，如同神圣的婚姻。”[5]他还说，“因此教会的头和会众联合，基督住在我们心里——简而言之，神秘的合一——应当受到我们最高的重视。”[6]

神秘的合一，这需要我们最高的重视。神就是神圣婚姻中的丈夫，与我们的身体、灵魂结合在一起，我们领受基督的身体和宝血——是感恩引导我们来到这段关系中。爱世人的神赐给我们礼物，蒙神所爱的我们为此献上感谢，进入这神秘的爱的合一。如果可以作任何选择的神在三位一体的团契中得到了最为满足的喜乐，我难道不会从中得到喜乐吗？

我隐约知道、又不清楚自己害怕的原因。

我究竟有多想接受神？

“早上好……”琳达的声音传到阁楼。她正叠起沙发床上的毛毯。第一道阳光从阳台的落地窗照进来。“来看看，你逛巴黎的行程是怎么安排的?”

琳达在地图上标记好我的行程，短短几天时间里，我接连去了许多地方，逐一划去用铅笔写在笔记本里的景点：建于十三世纪的圣礼拜堂里，无数面彩绘玻璃美轮美奂，圣殿看似一座悬浮半空的精美装饰(置身其中，没有人敢说话，生怕从空中坠落)；在凡尔赛宫的镜厅、修葺整齐的花园里漫游一日，徜徉在金灿灿的阳光里(我们走了太多路，我脚后跟磨出了水泡)；埃菲尔铁塔耸入夜空，仿佛一支通了电的巨型避雷针，我拍了不少照片(我用快门四处捕捉画面，六月的黄昏里，这幅完美的幕布映衬着亲吻的恋人们)。我们穿行在街头，走过一家家香水店、精品店和书店，以及橱窗的烤肉叉上有整只烤猪缓缓旋转的餐厅。到处可见直插云霄的教堂尖塔。每晚，我躺在阁楼的床上，拿出随身携带的感恩日志，在纸页细细的蓝线上写字。在“六月恩典”的标题下，我记录了许多……

在杂货店前排队的老妇们，她们的挎篮里装着长棍面包

法国侍应

铜绿色屋顶上的鸽子

挂着铁丝篮、穿梭在狭窄街道的生锈的自行车

身穿蓝色灯笼裤、在圣母院的影子里玩沙的男孩

圣日耳曼德佩修道院的守门人在祭坛前低头祷告，口袋

里的钥匙叮当作响

鹅卵石的缝隙里盛开的野花

教堂的钟声

我思考着合一，思考着我被其吸引、游走在其边缘的奥秘……我熄了灯，躺在黑暗中等待睡意，也等待理解这一切的意义。

周五傍晚，我和琳达在卢浮宫漫步，面对四周那些试图捕捉蒙娜丽莎一抹微笑的快门。对我来说，卢浮宫给我留下深刻印象的并非《蒙娜丽莎》的光环，而是我们在楼上展厅所进入的奥秘，那里充满了神的气息。

诱人的乐曲声传来。在二楼展厅，我们走到哪里都能听见这微弱的旋律，高昂而轻快，如香气一般飘扬。画廊里不是应该安静无声吗？这音乐从哪儿传来？我心存疑问不停寻找，急切地搜寻着每个角落。乐声的节奏更强烈了，歌声也越发清晰，终于在一个大画廊里，我意外地看到了这一幕：一个唱诗班聚集在一起，身着上白下黑的礼服，字正腔圆地唱着莫扎特的第一和第二号夜曲。

屋子里拥满了人。我们身边有一个男人站在门口，头和肩随着弥漫的音乐摇摆。简·雷斯图(Jean Restout)的巨幅画作《圣灵降临》悬挂在唱诗班前面的墙上，指挥高举起手，示意歌声渐强。我一边听他们的和声，一边专心欣赏起这幅画来：圣灵如火焰般降临到真人大小的使徒身上。这画面栩栩如生地描绘了我脑中《使徒行传》第二章第四节的经文：

“他们就都被圣灵充满。”神降临并充满他们。**合一，充满**。音调升高了，震颤着我们的心弦。

我敢于回应吗？

唱诗班高八度重复着副歌，歌声动人，我踌躇着往前走去。我来到毗邻的画廊，站在一幅镀金画框的作品前。这是一幅不起眼的小型画作，挂在与视线相齐的位置，是伦勃朗的作品。唱诗班唱到一个长音。这样的笔触，如金色光线浸透画布。伦勃朗独有的巧妙笔触照亮了敬畏地靠在餐桌边的那两个旅人。这是伦勃朗笔下在以马忤斯和基督一同进餐的门徒。我是不是还在画中那年轻侍者身后的阴影里，对即将揭开面纱的神迹一无所知？我能否现在认出基督，来到耶稣显现的以马忤斯？“到了坐席的时候，耶稣拿起饼来，祝谢了，擘开，递给他们。他们的眼睛明亮了，这才认出他来”(《路加福音》24：30—31)。

感恩——共融——如同那天国的猎犬追逐着我们，从不停歇，无处不在。无论在**何时何地**都要感恩，要张开眼睛看见神。

这音符、这歌声、这求爱，他无法停止亲密的追逐与热切的爱。我鼓起勇气回应，轻微地颤抖着，唱出细弱的声音：“我的心哪，你要称颂耶和华，凡在我里面的，也要称颂他的圣名！”(《诗篇》103：1)

我凝视他举饼的手，歌声渐渐响亮。

称颂“天天背负我们重担的主”(《诗篇》68：19)。“我要时时称颂耶和华，赞美他的话必常在我口中”(《诗篇》

34：1)。“当称谢进入他的门，当赞美进入他的院；当感谢他，称颂他的名”(《诗篇》100：4)。

**我可以称颂真神。**

不索取任何东西，不讨要、不要求、不祈求任何东西，**我可以单纯地向神献上礼物**，如同他赐我一千个乃至无数个礼物！这是我可以做的！我望着画中基督的脸，他正擘饼祝谢。

神，他祝福我——拥抱我。

我也可以用感谢**赞美神**——用感谢拥抱神。

这是我们爱的联结。

神以恩上加恩的方式爱我们，时时刻刻向我们彰显他的爱。他也邀请我们翻转手掌，张开手，以感谢说出“是的”。然后神会用他的完美充满所有的虚空。我在他里面，他也在我里面。我在此刻拥抱神。我向他献上感恩与赞美，我们相会。难道我不能爱神，时时刻刻向他表达我的爱？我不能像亚当了解夏娃一样了解神，以灵魂贴近圣灵？

**这**就是他爱的意义。我向往**合一**。合一，这是他赐予无尽的礼物之后唯一渴望的回报。即便是我，也可以给他这回报，**随时随地**——在厨房洗土豆的时候，在拱顶的大教堂，在忙于洗衣、洗厕所、照顾孩子的时候——我随时随地可以和造天地的耶和华建立亲密的联系。在距离油画几英寸的地方，我听着莫扎特的旋律持续传来，情不自禁地低声感恩：

神啊，感谢你赐予眼前的食粮……

感谢你赐给我们独生子，让他为我们牺牲……

感谢你不断歌唱，不断将自己赐给我们……

感谢你存在于此刻的伟大奇迹……

我也是在路上的陌生人，冰冷的心变得火热(《路加福音》24：32)。他是我骨中的骨，肉中的肉。我是他的，他也是我的。我想要碰触面前的画。我想用指尖抚过这幅油画，让它的油彩浸透我的肌肤，流进我的血液。我想进入《以马忤斯的晚餐》，也让这画进入我。我想要在神里面，也让神在我里面，交换彼此的爱、祝福和拥抱。如同去以马忤斯的门徒，我知道我的眼睛明亮了，因为我的心火热了：这一刻正是神圣的交流。我轻轻抬起手，细微地触摸画布前的空气。这是剥除了意蕴的共融，纯粹而不掺杂质：彼此交汇。这是温柔的新郎与他的新娘之间的联结、融合与交流。

灵魂与神共融是最高的喜乐。

这卷轴形的金色画框装载着我的渴望，我也感觉火热，窘迫得涨红了脸。神不仅呼召我们**相信他**，还呼召我们**住在他里面**，呼召我们进入基督里面，基督也进入我们里面——与他同住。这就是神要我们凡事谢恩——不断与他交流的原因吗？(《帖撒罗尼迦前书》5：18)

唱诗班仍在唱着；浅紫色的墙上，伦勃朗画中的基督擘开了饼。在圣餐礼中，圣女大德兰那扣人心弦的话语回荡在我脑中：

他短短一句话
改变了我的生命：
“享受我的同在。”
我本以为自己要扛起千钧重担——
像他一样背起十字架。
神的爱却对我说：“我知道一首歌，
你可愿意听？”
地上的一砖一瓦、
天上的一缝一隙
都传来欢笑，
一夜祷告之后，
他的歌声
改变了我的生命：
“享受我的同在。”⑦

这就是他的歌！**我因你欢喜，你也来因我欢喜**。这是唤醒世界的歌、点燃喜乐的歌：**享受我的同在。享受我的同在**！

因他的恩典感到无比喜悦，还有比这更好的爱神的方式吗？

我把相机递给琳达。她会记录下我在伦勃朗《以马忤斯的晚餐》前的这一刻吗？我会怀揣这张照片飞越大西洋回家，照片中的我身穿黑色长裙，微微低头，羞赧而笑。我会紧握这被捕捉的时光，知道在那神圣的一刻，我了解了与基督合一的温暖，不仅身心合一，也**体验**共融。我成了一名祭司！

我主持着永无止境的感恩圣餐礼，庆祝基督复活。我能够随时随地汲取当下的点点滴滴，我可以**活出**感恩，体验并享受基督的同在！（如果所有人都成为庆祝合一的祭司，世界又岂会与喜乐隔绝？）

“如果灵魂不断注视神永恒的温柔与怜悯……[那么]它将片刻也离不开神；反之，它可能一刻也无法守望神”，清教徒神学家约翰·欧文如此写道。[8]“若非如此，发现神只会使灵魂远离神；只要心灵曾充满天父无上的爱，它就别无选择，只会被神吸引、征服，为神恩宠。”[9]

琳达把相机递还给我。这个起初挑战我的人，如今见证我完全投入神的臂弯。我朝她感激地点了点头，又回过头来面对画中这双举饼的手，这双手紧握着我。我会记得这一幕，让自己片刻也不愿离开他吗？

在巴黎的最后一天我做着和前几天同样的事：探访巴黎的历史，品尝当地的面包和奶酪，在街头巷尾聆听属于巴黎的声音——小提琴、吉他、大提琴，欣赏巴黎形形色色的样貌和生机勃勃的色彩。神的气息使我充满生命力。

在圣日尔韦与圣普罗泰教堂对面的里沃利街尽头，我在一间修道院书店里寻获一方静谧的岛屿。一簇鲜红的月季爬上洒满阳光的后院石墙。手工砍削的木梁横跨低矮的天花板，阳光从面对空旷街道的玻璃窗涌进屋来。一位身着蓝色长袍的修女正低声用轻快的法语接待顾客，浅褐色的眼睛流露出欢迎之情。我开始浏览整排整排的圣经、法文书和十字架。来到沿石墙而上的老旧木楼梯边，我在一洼午后阳光里止步,拿起一张赞美诗CD。CD名称使我惊异地摇了摇头。这是真的吗?

《感恩》。

我用手覆住这个词。何需惊异呢?我又确认了一次这个名字。是的,**凡事感恩,无论身处何处,就在当下感恩**。我的心沉浸在爱里,有一个问题挥之不去:我有多向往这密切的共融?石墙上的光影斑驳交错。我轻抚过这些字母,"e-u-c-h……"。当我向往与神共融更甚于向往世俗享乐,在伊甸园破坏的共融关系便会全然修复。人类不知感恩、与神分裂,犯下毁灭性的第一宗罪,偷食禁果,破坏了合一的丰盛生命——我们可以通过截然相反的行为与神和好:抱持感恩之心生活,愿意吃下他在每一刻所赐的食粮。我有多向往重回完美的天堂,在凉爽的傍晚与神同行,**活出丰盛的生命**?

"我的灵魂啊,你能享受神的同在。若满足于此外的东西,你便有祸了!"圣方济各·沙雷温和而正确地规劝。[10]除了神,世上还有什么是我渴求的?我不得不这样问。而我知道答案:只要我记得他的恩典,记得他多么爱我……我就会是飞蛾,扑向他炽热的火焰。

我用指尖划过唱片名字,轻声说着"感恩"。我正视自己的生命,练习了一千遍感恩的语言,如今我已知晓这首歌。我走到街上,准备回家去好好聆听这首歌,还要把伦勃朗的《以马忤斯的晚餐》挂在厨房窗台,要张开双手,丰盛地生活。我已见证:数算神的恩典将所有时刻化为与神相交的神圣之吻,世俗琐事也成为圣餐礼。神擘开饼,我接过饼来，世界就是神的筵席！神就是爱！什么也阻止不了我握住神的手。

万里晴空下，我飞回了家。

也回到神的心中。

# ·后记·

又是一年春天。这是春天的农场。犁过的田地上，尘暴卷起漫天风沙。果园里开花的苹果树上高高地栖息着一只乌鸦，在白云柔和的映衬之下，黑色剪影闪烁。门廊边的皂荚树结了串串蓝色果实，一只鸽子停在枝头。我从晾衣绳上取下一堆晒好的衣物。

我将一篮干净的毛巾抵在腰间，踏进后门门厅。门厅里，孩子们的牛仔裤堆得摇摇欲坠，那是他们跑去田里捡石头弄脏的。鞋子扔得到处都是，乐高积木也四散一地，面盆里还浸泡着沾上绿色染料和许多沙子的衣物。厨房水槽永远堆满碗盘，食品柜永远空空荡荡。还有地板上那一排沾满泥土的脚印，谁能做到视而不见？洗衣机在轰鸣。烤箱定时器发疯似的哔哔响着。我不知道六个孩子现在在哪里。

我抬腿跨过深浅色分开的衣物。为什么要怀疑这丰盛生活的挑战？就在此时此地，为什么不让恩典、感恩与喜乐渗透生命？这是迎接天国的唯一方法。

我把手中的篮子搁在门厅的木制熨衣板上，轻步朝烤箱走去。每一次呼吸都是怨怼与感恩之间的斗争，我们必须不断开口谢恩，才能从喜乐的圣杯里饮水。在这动荡的宇宙中，除了“感恩”一词，再无别处存放着耶和华的喜乐。我关上了烤箱的鸣叫，也平息了内心的呐喊。

厨房窗外碧空无垠，果园里开满了苹果花。枝头的鸽子正保护着它灰蓝的希望。我听见了神，他在对全世界、也对我说：这是为你们预备的。情人在清晨的微笑、滑梯下孩子的笑声、黄昏里长者的眼神——这是为你们预备的。你们脚下的土、落在你们脸上的雨、围绕你们旋转的璀璨星辰——这是为你们预备的，为你们。**礼物**是给你们的，**恩典**是给你们的，**神**为你们预备这一切。逐一数算他爱的方式，一千种乃至**无穷无尽**。当我们在清晨醒来，不禁谦卑地面朝东方，向着天空张开双手。虽然我们会颤抖、会疑惑，虽然世界看似丑陋，但它实则美丽。我们可以放慢脚步，可以相信，可以将每一刻当作恩典。感恩，感恩，再感恩。

耳边传来的是音乐声吗？音响里流淌出的乐曲使周遭的世界焕发生气。那是从巴黎带回来的音乐——《感恩》。是女儿霍普在清扫浴室时把它放进 CD 机播放的吗？她受洗后的那一天，展开一本全新的日志，开始罗列属于她的一千个恩典，追求丰盛的生命，而这张唱片也成了她的最爱。她把唱片盒留在料理台上了。

我拿起唱片盒，再次用双手轻抚那行字母，脑中不经意浮现一个画面：我跪在墓地，抚摸着放进土里的花岗岩墓碑上深深雕刻的那五个字母。

“A-I-M-E-E”——**心爱之人**。

我记得妹妹柔软光滑的头发。我依旧不明白为什么神带走了她，为什么等不到她的孩子和我的孩子一起在春天里快乐地奔跑、和我姐妹的孩子一起欢笑，为什么我父母的心只能被悲伤渐渐侵蚀。尽管我会哭泣，我仍然知道：**神永远是良善的，我永远蒙神所爱**，感恩已使我成为最真的自己——“充满恩典”。感恩给了神的孩子们新名，使他们拥有最真实的名字：

“心爱之人”。

我的父母和我、所有的孩子、所有受伤的人乃至整个世界，我们安然地听他反复吟唱我们的名字——“心爱之人”。

炉灶边的窗户上，那只瓷鸽子正展翅飞翔。窗台上伦勃朗的《以马忤斯的晚餐》吸引着我的目光。我每天多少次观看这幅画，重回那静谧的画廊，回到灵魂共融的神圣时刻？多少次以感恩再次拥抱神？这感恩的时刻如今每天都会来到。在数算了一千个恩典之后，我读到过这样的说法：这种数算恩典的练习在神子民的历史中古已有之，虔诚的犹太人如今仍一日百次向神献上感谢。犹太拉比的话深深刻在我的心头，刻进我的生命，他们的话照亮了通往喜乐的路：

称颂神让我们时刻意识到生活潜在的神圣，**让我们清醒面对生活**……伴随每一声称颂，我们拓展了神圣的疆界，使**我们对生命的爱**形成仪式。**一日称颂百次，无论我们在什**

**么地方、经历什么事、看见什么人。**我们可以低声称颂，无需让谁听见，只要让神听见。**“赐福的神啊，你的存在充满宇宙，你的存在也充满我。”**①

我的感恩日志一如往常摊开摆放在料理台上，日志里罗列着种种时刻，一一记录着神的爱。G. K. 切斯特顿的话概括了我细数恩典的生活：“最伟大的诗就是清单。”②我在这样的生活里快乐地笑着。是的，我绝不会停止数算，不会停止抄写这世界的歌与神心中的诗。神和我，是两行对句。数算一千个恩典，一日百次称颂神，与充满洗衣间、厨房、医院、墓园、公路、大街小巷和灿烂星河的神共融，让他的同在充满我。

**这就是丰盛生活的意义。**

第二天天尚未亮，我收到谢莉匆匆写来的邮件。她七岁的女儿右手手肘粉碎性骨折，面临功能丧失的危险，现在做完了重建手术，正躺在术后病房昏睡。谢莉见证了感恩清单对我的改变。她和我一起活出感恩，那张清单也打开了她的内心。她写道：“**神是良善的，永远都是**。”我点头称是，想到石碑上镌刻的艾梅的名字——也是我们所有人的名字，所有蒙神所爱之人的名字。我的手指停在键盘上，又回忆起公公的那封信，信里问我们是否作好了准备。那位女儿罹患癌症的母亲，她心中满是疑问。而现在，我觉得自己的答案开始萌芽。我回信给谢莉，传达了我的爱和祷告，信末的署名是我终于全然相信的，是一直以来我的名字所宣告的：

## 一切都是恩典

**安**

我按下发送键，松开攥紧的手，握住伴随晨曦而来的温暖信心。果园里，清晨的第一阵风吹落苹果树上的千百朵花，遍洒大地漆黑的胸膛。

我看着花朵飞舞，纷纷扬扬，美丽无尽。

我感觉到神的拥抱。

# · 致谢 ·

谨向以下诸位献上我所知的最深沉有力的两个字：

**谢谢**。

感谢劳拉·巴克开拓性的见解，劳拉·博格斯和玛丽贝思·惠伦的慷慨信任，比尔·延森坚定的信心和孜孜不倦的支持，莱斯利·莱兰·菲尔茨智慧的鼓励，以及安迪·迈森海默的包容。

感谢米克·席尔瓦和谢里·席尔瓦，你们是神的礼物。

感谢 Zondervan 出版社的成员，感谢迈克索尔兹·伯里和德克·布斯马不遗余力的专业工作，感谢桑迪·范德齐赫特以丰富的经验帮助完成这本书的出版计划，使其羽翼丰满。我受惠良多。

感谢我博客的每一位读者——你们美丽的名字恕不一一罗列——谢谢你们的友好和所有睿智的留言、善良的祷告，谢谢你们的每一次阅读、转载和分享……因为有你们，才有这本书，我感激不尽。我热爱与你们的交流，这是奇异的恩典!

感谢马琳·菲奇、谢里·马丁、安妮·彼得森、安妮特·韦伯、梅甘·莫德曼、琳达·琼托斯、莉迪娅·鲍尔、香农·伍德沃德、L. L. 巴尔卡、萨莉·克拉克森、伊丽莎白·福斯、鲍比·沃尔格姆斯、香农·洛,以及在我脆弱疲惫时坚定支持我的团契朋友们,与你们同在主里的生命愈合了伤口,给了我活力和加倍的喜乐。感谢圣经学者谢利·卡恩斯在我撰写初稿时的谆谆教导。感谢霍利·格特以莫大的信心接纳我生涩的文字。感谢托尼亚·佩科弗这些年来为我所做的**一切**和互相陪伴的旅程。我永远对你们心存感激。

感谢琳达·森德兰向我发出数算一千个恩典的挑战。你改变了我的人生。**该如何感谢你才好**?

感谢勇敢相信神的良善的约翰·福斯坎普和蒂法尼·福斯坎普,感谢虔诚的大卫、诺亚、米娅、莉娅和安娜。十分感激我们蒙神恩典,有幸共同生活。

感谢莫莉姐妹一直以来都是我安全而坚强的倚靠;感谢约翰兄弟长期为我代祷;感谢父亲用爱带我们度过艰难岁月,向您致以最高的敬意;感谢母亲让我知道如何倚靠主的力量活出美丽、恩典与惊奇的喜乐。

感谢我的六个孩子:凯莱布、乔舒亚、霍普、利瓦伊、马拉凯和沙洛姆。你们塑造我,使我成长,使我活在爱里。你们每一个都是神赐的礼物,我为此感激涕零。母亲永永远远爱你们。

感谢远比我更好、更有智慧的另一半——达里尔,你每天牵我的手,温柔地带领我为了主活出丰盛的生命。我很庆幸当初答应与你白头偕老,我未尝想到能与你拥有如此多的喜乐。

感谢圣父、圣子与圣灵将这美丽的世界融入合一的怀抱,融入神圣圆满的舞蹈。

# · 注释 ·

## 第二章　生与死二字准则

1. "How Much Oxygen Does a Person Consume in a Day," *How Stuff Works*. http://health.howstuffworks.com/question98.htm (accessed April 20,2010).
2. Augustine, *Confessions of Saint Augustine*, book 10, chapter 21, Christian Classics Ethereal Library, http://www.ccel.org/ccel/augustine/confess.xi.xxi.html(accessed April 20,2010).
3. Albert Schweitzer, *Reverence for Life*, trans. Reginald H. Fuller (New York: Harper, 1969),41.
4. Alexander Schmemann, *For the Life of the World: Sacraments and Orthodoxy*(Crestwood, N. Y.: St. Vladimir's Seminary Press, 1973), 18.
5. Ibid. ,61.

## 第三章　第一次飞翔

1. Jean-Pierre de Caussade, *Abandonment to Divine Providence*, book 1,chapter 1,section 4,Christian Classics Ethereal Library, http://www.ccel.org/ccel/decaussade/abandonment.ii_1.i.i.iv.html (accessed April 20,2010).
2. Martin Luther,引自 Bob Kelly, *Worth Repeating: More than 5,000 Classic and Contemporary Quotes*(Grand Rapids: Kregel, 2003), 379。

3. John Piper, *When I Don't Desire God: How to Fight for Joy* (Wheaton, Ill.: Crossway, 2004), 124.
4. Erasmus，引自 Andy Zubko, *Treasure of Spiritual Wisdom* (New Delhi, India: Motilal Banarsidass, 2003), 219。
5. Alexander Schmemann, *For the Life of the World: Sacraments and Orthodoxy* (Crestwood, N. Y.: St. Vladimir's Seminary Press, 1973), 15.
6. C. S. Lewis, *God in the Dock* (Grand Rapids: Eerdmans, 1994), 52.
7. Julian of Norwich，引自 Richard Foster, ed., *Devotional Classics* (San Francisco: HarperSanFrancisco, 1993), 71。

### 第四章　时间的圣所

1. Mark Buchanan, *The Rest of God: Restoring Your Soul by Restoring Your Sabbath* (Nashville: Nelson, 2007), 45，着重字为作者所加。
2. Evelyn Underhill，引自 Martin H. Manser, ed., *The Westminster Collection of Christian Quotations* (Louisville: Westminster, 2001), 270。
3. Elisabeth Elliot, *Through Gates of Splendor* (Carol Stream, Ill.: Tyndale House, 1986), 20.
4. 参见 Abraham Joshua Heschel, *The Sabbath* (New York: Farrar, Straus and Giroux, 2005)。

### 第五章　在这世上，究竟什么是恩典

1. G. K. Chesterton, *Orthodoxy* (Rockville, Md.: Serenity, 2009), 138.
2. Augustine, *Confessions of Saint Augustine*, book 7, chapter 12, Christian Classics Ethereal Library, http://www.ccel.org/ccel/augustine/confess.viii.xii.html (accessed April 20, 2010).
3. Julian of Norwich, *Revelations of Divine Love*, trans. Elizabeth Spearing (London: Penguin, 1998), 59.
4. G. K. Chesterton, *Collected Works of G. K. Chesterton: Collected Poetry: Part1*, ed. Aidan Mackey (Fort Collins, Colo.: Ignatius,

1994),38，着重字为作者所加。
5. Teresa of Avila，引自 Amy Welborn，*The Loyola Kids Book of Saints*(Chicago：Loyola，2001),87.
6. 参见 Gregory Wolfe，"The Wound of Beauty，"*Image* 56 (Winter 2007－8)，http://imagejournal.org/page/journal/editorial－statements/the－wound－of－beauty (accessed April 20，2010)。

## 第六章 "你想要什么?"——得见神的地方

1. Amy Carmichael，"Immanence，" in *Mountain Breezes：The Collected Poems of Amy Carmichael* (Fort Washington，Pa.：Christian Literature Crusade，1999),19.
2. J. I. Packer，*Rediscovering Holiness：Know the Fullness of Life with God*(Ventura，Calif.：Regal，2009),69.
3. Gerard Manley Hopkins，"As Kingfishers Catch Fire，" in *Gerard Manley Hopkins：The Major Works*，Catherine Phillips，ed. (New York：Oxford University Press，2002),129.
4. A. W. Tozer，*The Pursuit of God* (Camp Hill，Pa.：Christian Publications，1982),73.
5. C. S. Lewis，*The Great Divorce*(New York：Macmillan，1946),77.
6. Irenaeus，引自 *Letters of Faith through the Seasons*，James M. Houston，ed. (Colorado Springs：Cook，2006),1:152。
7. C. S. Lewis，"The Weight of Glory，" in *The Weight of Glory and Other Addresses*(Grand Rapids：Eerdmans，1965),12－13.

## 第七章 对着镜子观看

1. Jean-Pierre de Caussade，引自 *A Guide to Prayer for All God's People*，Rueben Job and Norman Shawchuck，eds. (Nashville：Upper Room，1990),244。
2. Annie Dillard，*Pilgrim at Tinker Creek* (New York：HarperPerennial，1998),33.
3. John Piper，"From His Fullness We Have All Received，Grace Upon Grace，" *Desiring God*，http://www.desiringgod.org/ResourceLibrary/Sermons/ByDate/2008/3394_From_His_Fullness_We_Have_All_Received_Grace_Upon_Grace/(accessed April 20,2010).

4. G. K. Chesterton，引自 James M. Houston，*Joyful Exiles：Life in Christ on the Dangerous Edge of Things*（Downers Grove，Ill.：InterVarsity，2006），140。
5. 科学研究者罗林·麦克拉迪教授提出："人们通常不会努力将更正面的情感积极注入日常经验。尽管大部分人明确声称他们在爱、关心、欣赏，许多人或许会诧异地发现，这些感觉仅仅是假设与感知，其停留于认知的程度远远高于情感世界中的真实体验。我们在投身、建立与维持积极的感受与情感方面缺乏有意识的努力，因而会自动陷入到愤怒、焦虑、担忧、沮丧、自我怀疑与责备之类的感觉中。"（Rollin McCraty，"The Grateful Heart，"*The Psychology of Gratitude*，ed. Robert A. Emmons [New York：Oxford University Press，2004]，241. 着重字为作者所加。）
6. James H. McConkey，*Life Talks*（Harrisburg，Pa.：Fred Kelker，1911），103.

## 第八章　神白白地厚赐万物

1. *The Strongest NIV Exhaustive Concordance*，2nd ed.（Grand Rapids：Zondervan，1999），1583.
2. 引自 Robert A. Emmons，*Thanks! How the New Science of Gratitude Can Make You Happier*（New York：Houghton Mifflin，2007），89。
3. Brennan Manning，*Ruthless Trust*（New York：HarperCollins，2002），24.
4. Dennis Linn，Sheila Fabricant Linn，and Matthew Linn，*Sleeping with Bread：Holding What Gives You Life*（Mahwah N. J.：Paulist，1995），1.

## 第九章　谦卑自己

1. G. K. Chesterton，*Orthodoxy*（Rockville，Md.：Serenity，2009），19.
2. 引自 G. B. F. Hallock，"The Cultivation of Humility，"*Herald and Presbyter* 90（December 24，1919），8。
3. Timothy Keller，"The Advent of Humility，"*Christianity Today*，December 22，2008，http://www.christianitytoday.com/ct/2008/december/20.51.html（accessed January 24，2010）.

4. 感谢托尼亚·佩科弗(Tonia Peckover)的深刻见解。
5. Thomas Aquinas，引自 Peter Kreeft, *Catholic Christianity* (Fort Collins, Colo.: Ignatius, 2001), 357。
6. Henry Ward Beecher, *Life Thoughts, Gathered from the Extemporaneous Discourses of Henry Ward Beecher* (New York: Sheldon, 1860), 115.
7. Peter Kreeft, "Joy," http://www.peterkreeft.com/topics/joy.htm (accessed April 12, 2010), 着重字为作者所加。

## 第十章　虚己以待

1. 我的身躯熊熊燃烧；
竟有二十分钟之久。
我的幸福如此巨大，
我蒙福，也能祝福。
——叶芝:《踌躇》
引自 Richard J. Finneran, *Yeats: An Annual of Critical and Textual Studies*, vol. 6 (Ann Arbor: University of Michigan Press, 1998), 147。
2. Dorothy Sayers, *Letters to a Diminished Church* (Nashville: Nelson, 2004), 143.
3. Mother Teresa, 引自 *A Guide to Prayer for All God's People*, Rueben Job and Norman Shawchuck, eds. (Nashville: Upper Room, 1990), 228。
4. Rabindranath Tagore, 引自 John Shea, *The Spiritual Wisdom of the Gospels for Christian Preachers and Teachers* (Collegeville, Minn.: Liturgical Press, 2006), 193。

## 第十一章　与神亲近的喜乐

1. C. S. Lewis, "The Weight of Glory," in *The Weight of Glory and Other Addresses* (Grand Rapids: Eerdmans, 1965), 10.
2. Henri Nouwen, *Life of the Beloved* (New York: Crossroad, 2002), 60.
3. Ronald Rolheiser, *The Holy Longing: The Search for a Christian Spirituality* (New York: Random House, 1999), 66.

4. Walter Brueggemann, *Finally Comes the Poet* (Minneapolis: Fortress, 1989),45.
5. John Calvin, *Institutes of the Christian Religion*, ed. John T. McNeill(Philadelphia: Westminster, 1960),2. 8. 18 (2:385).
6. Ibid. ,3. 11. 10 (2:737).
7. Teresa of Avila, "Laughter Came from Every Brick," in *Love Poems from God*, ed. Daniel James Ladinsky (New York: Penguin, 2002),276.
8. John Owen, *Communion with the Triune God* (Wheaton, Ill. : Crossway, 2007),124.
9. Ibid. ,128.
10. St. Francis de Sales, *Introduction to the Devout Life* (New York: Kessinger,1997),299.

**后记**

1. Dennis Lennon, *Fuelling the Fire: Fresh Thinking on Prayer* (Queensway, UK: Scripture Union, 2005), 43, 着重字为作者所加。
2. G. K. Chesterton, *Orthodoxy* (Rockville, Md. : Serenity, 2009), 55.

**图书在版编目(CIP)数据**

一千次感谢/(美)福斯坎普(Voskamp, A.)著,冯倩珠译.
—上海:上海三联书店,2018.12(2024.11 重印)
ISBN 978-7-5426-5460-1

Ⅰ.①一… Ⅱ.①安…②冯… Ⅲ.①自传体小说—美国
—现代 Ⅳ.①I712.45

中国版本图书馆 CIP 数据核字(2016)第 015891 号

# 一千次感谢

## 在当下勇敢活出丰盛生命

著　　者 / (美)安・福斯坎普
译　　者 / 冯倩珠
策　　划 / 徐志跃
责任编辑 / 邱　红　李天伟
特约编辑 / 江南慧
装帧设计 / 周周设计局
监　　制 / 姚　军
责任校对 / 张大伟

出版发行 / 上海三联书店
(200041)中国上海市静安区威海路 755 号 30 楼
邮　　箱 / sdxsanlian@sina.com
联系电话 / 编辑部:021-22895517
发行部:021-22895559
印　　刷 / 上海盛通时代印刷有限公司

版　　次 / 2018 年 12 月第 1 版
印　　次 / 2024 年 11 月第 7 次印刷
开　　本 / 890 mm×1240 mm　1/32
字　　数 / 150 千字
印　　张 / 8
书　　号 / ISBN 978-7-5426-5460-1/I・1103
定　　价 / 48.00 元

敬启读者,如发现本书有印装质量问题,请与印刷厂联系 021-37910000